小学館文庫

対極

鬼田竜次

小学館

目次

装画　星野勝之
装丁　川谷康久

プロローグ

中田数彦は青空の恩恵を受けたことがなかった。さわやかな日差しの下でも、いつもどおり心は荒み切っている。幼いころから一切変わっていない。

ある初夏の午後、中田は高校を抜け出した。ナイロンのスクールバッグを左の脇に挟み、両手を紺のスラックスのポケットに突っこんだまま、険しい顔で甲州街道沿いを歩いている。

中田は道を左に曲がった。

周囲には東京外語大学や榊原記念病院があるため、人通りが多かった。複数の華やいだ若者達の集団が、それぞれスマートフォンを手にしたり、楽しそうに会話をしたりしながら歩いている。彼らが醸し出す雰囲気は、中田には縁がないものだった。

強い風が吹いた。音を短く立てながら、澄んだ空気を切り裂いていく。

中田は右を向いた。

目前は堅牢な塀が途切れた正門だった。奥には広い敷地が続いている。右側に豪華な黒御影石（くろみかげいし）のプレートがあり、そこには《警視庁警察学校》と厳然と表記されている。

立ち止まり、険しい表情のまま奥の方をにらみつけた。

「あのー、すみません」

正門を入った右側に、練習交番がある。一人の制服姿の若者が表へ出てくると、中田に声を掛けた。

「何か、ご用でしょうか？　ここは、警察学校なのですが」

問い掛けを無視した。

「どなたか、中にお知り合いの方がいらっしゃるのでしょうか？　もしかして、面会のお約束がおありでしょうか？」

目を細めたまま、一切反応しない。

「あのー、ずっとここに立っていられると困るのですが。あっ、ちょっと」

ゆっくりと、中田は中へ進もうとした。

「駄目ですよ。駄目、駄目。勝手に入っては困ります」

制服姿の若者が、敷地内へ進んでいこうとした中田の右手首をつかむ。

その瞬間、自分の右手首をつかんでいる相手の右手をつかみ取り、自由になった手を相手の左脇から通してベルトを握った。そして、腰投げのような動作で、相手の体をコンクリートの地面に体重を乗せて叩（たた）きつけた。

「ぐっ」

制帽が脱げ落ち、腰と後頭部を同時に叩きつけられた相手は、小さなうめき声を上げ、大の字になったまま身悶(みもだ)える。

傍らのスクールバッグを拾って再び左脇に抱えると、中田は警察学校の敷地内へと侵入した。


中田は、正面にあった本館、右側の道を進んでいった。

少し進んだところの左側、敷地中央には、川路(かわじ)広場がある。もしも、生徒達が教練や駆け足訓練を行っていたら、この段階で制止されたかも知れない。しかし、辺りは閑散としていた。奥の術科棟の方へとさらに進んでいくことができた。

近づいていくにつれ、「せい」、「えいっ」などといった、勇ましい気合いが小さく外に漏れ聞こえてくる。

中田は建物の外壁を観察し、入り口を確認した。

術科棟の広い入り口は扉が開かれている。土間には多くの運動靴が整然と並べられていて、両側の壁を幅が広くて背の高い下駄箱(げたばこ)が覆っている。

中田は土足のまま、杉と畳と汗の臭いとが混じり合う、術科棟の中へと進んでいった。

そこにはいくつかの道場が並んでいる。ほんの数秒だけ立ち止まって考えたあと、面倒だったので、すぐ右側に進むことにした。

入り口から中の様子を観察すると、今までに一度も見たことがなかった武道の練習が行われていた。

道場の中にいた生徒達は、白い道着姿に防具をつけ、同色の剣道で使用するような面マスクを被っている。両手には伝統派空手の試合で使用されるグローブをはめていて、右手には警棒を模したものを握っている。

それは《逮捕術》だった。警視庁警察学校に入学した生徒は、術科の必修として、男は柔道か剣道を選び、女は合気道も含めた中から選択し、学ばなければならない。加えて、男女ともに必修なのが逮捕術だ。逮捕術は、様々な格闘技の要素を取り入れて作り上げられた、警察独自の武道だ。事件現場において、最小限の力で被疑者を制圧することを目的に体系化されている。

稽古中の生徒達の中には、「せい」と気合いを入れながら右手に持った模擬警棒で相手の胴を突いたり、あるいは面打ちをしながら左手で相手の顔面も殴ったり、またはつかみ合いのような感じになったあとに相手を床に投げ捨てている者などがいた。生徒達はみな、中田に比べると概して体格がいい。

中田は彼らの様子を眺めながら、

（こいつら、まるでロボットだ）

と思った。何日か前に家電量販店の店頭に置かれたテレビに映っていた、間抜けな顔で奇妙な動きをする、真っ白なＡＩロボットを思い出したからだ。

入り口付近でも激しい組み手が行われている。中田からは一・五メートルほど先だ。百八十センチに迫る大柄な一人の生徒が、顔面への左正拳突きから右手の模擬警棒による頭部への連打で、流れるように相手を制した。

その生徒が中田の存在に気がつき、歩み寄ってくる。

「おい、君。そこで何をやっているんだ」

何も答えず、鋭い視線を投げる。

「なんだ、土足じゃないか。とりあえず、それを脱ぎなさい」

防具の中から、生徒は興奮した様子で怒鳴ってきた。

中田は冷静に相手を観察する。そして、防具マスクの前垂れの下から微かに覗いている、喉仏に狙いを定めた。ポケットの中で、右の拳を力強く握り締める。人差し指だけを少し前に突き出した。

両脇を軽くあけ、スクールバッグが下に落ちたのと同時に、中田は鋭く踏み込んだ。ほぼ同時に、いびつな形の右の拳を、やや右斜め上方にある相手の喉元に容赦なく突き出す。

「がっ」

生徒は苦しそうに声を上げると、中田から見て左へ倒れ込み、右手にあった模擬警棒を離し、両手で喉を押さえて悶えた。

中田は攻撃の手を緩めなかった。倒れて苦悶している生徒に近づくと、上から胸や腹の辺りを何度も踏みつける。

「やめてくれ」

倒された生徒が、消え入りそうな声で懇願した。

「よせ」

「やめろ」

道場にいた全員が、入り口付近での中田の凶行に気付いた。

その中の二人が駆け寄ってくる。

中田は、最初に近づいてきた相手を防具の上から胴に前蹴りを入れて吹き飛ばし、もう一人の模擬警棒の面打ちを空手の左上段受けで受け止めた。それから、右膝を相手の股間に突き刺した。

二人が一瞬にして床に崩れ落ちた様子を見て、道場内が緊張に包まれる。

「急いで教官か助教を呼んで来い」と一人が大声で叫ぶ。

中田は、両手をポケットに突っ込み、入り口付近で倒れている三人の間を通り抜け、中央へと進んでいった。

「おい。お前ら全員で掛かってこいよ」

地鳴りのように、中田が腹の底から怒鳴った。

道場内の空気が、緊張に包まれたものから、殺伐（さつばつ）としたものへと変わりつつある。

道場の中央付近に立つ中田の周囲を、扇状になった三十人前後の生徒達が取り囲んだ。彼らは、全員無言のまま前屈立ちの姿勢になり、拳を胸の前に据え、模擬警棒を中田に向けて構えている。

「ぺっ」

中田も、唾を床に吐き捨てると、両手をポケットから出し、彼らと同じような左足に体重を掛けた前傾姿勢になった。

その時――

外に面した奥の扉が開き、一人のジャージ姿の男が入ってきた。スポーツ刈りで、三十代の前半に見える。

「お前ら、一体何をやっているんだ」

道場に一歩足を踏み入れた瞬間に異変を察知したのか、男は先ほどの中田の挑発よりもさらに迫力がある怒声を上げた。

中田を取り囲んでいる生徒達は、全員構えを崩さぬまま、首だけでそちらを向いた。

「川村助教、報告します。与沢(よざわ)さん達が、こいつにやられてしまいました」

一番近くにいた一人の生徒が、これまでの経緯を伝える。

川村は、遠目で反対側の入り口付近で倒れている生徒達を確認すると、そちらへ向かって歩いていった。

途中で、中田と川村は一瞬目を合わせた。

生徒達から助教と呼ばれた川村を、中田は観察する。背丈は、中田よりも十センチほど高かった。光沢のある青いジャージに包まれた体は、中田ともほかの生徒達とも厚みが全く異なっている。非常に分厚くて、まるで救命胴衣を着ているかのような体つきだった。

(俺と、四十キロ位違うかも知れない)

川村は、未(いま)だ倒れたままで苦しそうに悶えている三人の傍らに立った。

「貴様ら。たった一人に何をやっているんだ」

容赦のない川村の怒鳴り声に、三人は必死で上体を起こす。

「何のために、毎日厳しい訓練をしているんだ」

「すみません、助教。あいつが、いきなり自分の喉を思い切り拳で突いてきたものですから」

最初に中田に倒された生徒が、弱々しく言い訳をした。

「だから何だ？　そんなことで泣きを入れていたら、この先いつまでたっても司法警察員にはなれないぞ」

「はい」

川村は、「とにかくお前ら三人、いつまでもだらしない姿でいるんじゃない。そこで正座しておけ」と大声で指導したあと、再び中田の正面に戻ってきた。

「お前らも向こうの壁際で正座をしていろ」

川村が、多少弛緩（しかん）しているが、相変わらず中田を取り囲んだまま構えを崩していなかった生徒達を一喝する。

構えていた模擬警棒を下げ、小走りで奥の壁際へ向かうと、生徒達は整然と横一列に正座した。

道場内は静寂に包まれた。

「高校生か？」

川村が、生徒達に対する態度から一変し、落ち着いた様子で中田に問い掛ける。

「分かってること聞くなよ、下らねえ」

「何年生だ？」

「関係ねえだろう」

「そうか。ぐれているにしては、随分と地味だな。髪型も普通で真っ黒だし、暴れたせいで多少乱れているが、シャツも、きちんとズボンの中に入れていたんだろう？」

実際に、中田の髪型は川村と同じ無骨な短髪だった。しかし、両者の顔つきは全く異なっている。眉が太く、瞳が大きくて、どこか情が厚そうにも見える川村と違い、中田の表情には全く余裕がなく、悲壮感が漂っていた。両頬は肉が削げ落ちていて、細く鋭い眼差しの上の両眉は鋭角につり上がっている。飢えた狐のような顔つきだった。

「俺の格好なんて、どうでもいいだろうが」

「いや、少年。それは、我々にとっては重要なことだ。まあ、最近では、現場の者達の中にも、平気でじゃらじゃらとブレスレットをつけてる輩がいて困っているけどな」

「髪や服なんかに気を遣うのは、余裕がある甘いやつらだけだ」

「なるほど」

川村は表情を引き締めると中田との距離を詰めた。

「話は変わるが、どうしてここまで入ってくることができた？ 正門に、制服を着た警備の生徒がいただろう？」

「ああ、あいつね。今でもまだのびているんじゃねえのか」

川村は苦笑いを浮かべると、

「セキュリティの強化を上に進言するべきなのか。いや、無意味だな。そもそも、警察学校に喧嘩腰（けんかごし）で乗り込んでくる者など、本来はいないだろう」

と独り言のように口にした。

「おまわりのくせに、地面に叩き付けられてダウンするなんてダセエよな。お前ら暇だから、毎日税金で、柔道や、剣道や、変な武術の訓練ばかりしてるくせに」

「この道場の入り口で倒れていた三人は、本当にお前がやったのか？」

川村が、中田の背後で正座をしている生徒達の方を顎で示し、問いただす。

「そうだ」

「なぜ、そんなことをしたんだ？」

「むかつくからだよ」

「なぜ、警察を狙った？　なぜ、警察学校の、俺の術科の教場を狙った？　具体的な恨みでもあるのか？」

「別にねえよ。ただの気晴らしに決まってるだろう」

「そうか」

「どうせ俺が何かやったら、調子こいてでしゃばってくるのはおまわりなんだし、一般人よりは手応えがあって気晴らしになると思ったんだよ。職質の時に敬語も使えねえ、普段から偉そうに町を練り歩いているくそおまわりをぶっ飛ばせば、少しは気分がいいだろうと思ってさ」

川村は厳しい表情になると、さらに中田との間合いを詰めた。

「それで、どうこの責任を取るんだ？　お前の容疑は、住居侵入罪、傷害罪、公務執行妨害罪などと複数ある。この場でおとなしく投降して、取り調べを受ける気はあるのか？」

「そんなもん、あるわけねえだろう。俺は、今からお前もぶっ飛ばして、ここへ来た時と同じように、気楽に、何ごともなかったように帰るんだ」

「だったら、好きなように俺に掛かってこい。だが、一応言っておくが、俺に痛めつけられた途端、親に泣きつくんじゃないぞ」

にらみつけながら、川村が確認を求める。

中田は不気味に笑った。

「心配すんなよ、おっさん。俺はとっくに捨てられている」

川村は、ほんの数センチの距離まで中田に顔を近づけると、上から濁った瞳を覗き込んだ。

「俺は、人を殺したことがある。何人もだ」

川村が中田にしか聞こえないように囁く。

「嘘つけよ、おっさん」

「嘘じゃない。《キリングヴィレッジ》で、俺は、人を殺したことがある」

キリングヴィレッジは、オーストラリアのパースにある、大規模な特別実戦訓練施設だ。川村は、そこでの過酷な訓練の最中、何人かの外国人達に日常生活に支障をきたす後遺症を負わせた。殺したケースもある。そうしなければ、逆に川村自身が殺されたからだ。

警視庁警察学校の各教場の助教は、通常、各分野の第一線で活躍している巡査部長が務めることになっている。川村の所属は、警視庁警備部、第六機動隊だった。そこは特殊部隊であり、《SAT》と呼ばれている。所属する特殊部隊員は市街戦国内最強の戦士であり、ドイツの国境警備隊、第九部隊のGSG－9や、イギリスの特殊空挺部隊であるSASなどに研修派遣され、海外の地で密かに合同訓練を行っている。

川村も、GSG－9の隊員達とともにキリングヴィレッジで合同演習を行い、その中で何人かの特殊部隊員を粉砕した。ある者は武器を使い、そしてある者は、彼自身の手によって――

「ほら、少年。遠慮するな」

川村は、両手をポケットに入れたままの中田の両肩を、両手の指先で軽く突いた。

中田はすぐに先ほどの空手家のような構えになった。

川村は深く顎を引いている。その首は太くて短く、喉仏は完全に隠れている。

中田は狙いを変えた。素早く踏み込むと、みぞおちの少し上、両乳首を結んだ中心付近に位置する、急所の《だんちゅう》に右正拳突きを繰り出した。

しかしそれは、川村の激しく突出した両側の大胸筋によってブロックされてしまう。

「さすがに、あいつら三人を倒しただけあって、急所を知っているな」

鬼のような形相のまま、仁王立ちの川村がつぶやく。

中田は、その言葉を無視して左手で川村の右耳をつかむと下に引き、左頬に拳を入れた。しかし、川村の顔はびくともせず、右耳をつかむ中田の左手を平然と引き離す。

「耳が急所なのは、何もしていない素人だけだ」

中田は川村の両耳に目を向けた。よく見ると、柔道やレスリングの経験者達に見られるように、皮膚が硬化して餃子(ギョウザ)のような形に潰れている。

「喧嘩で得た半端な知識だけでは、絶対に俺には勝てないぞ。それに、お前は基礎体力もまだまだだ」

中田は「くそが」とつぶやくと川村に詰め寄り、声を上げながら頑強な体を殴り続けた。

川村は、たまに顔面に来る突きを両手で軽く払う以外、攻撃をノーガードで受けている。

スタミナが切れた中田は、肩で息をしながら攻撃の手を止めた。

「もう、限界だろう？」

川村が、鉄球のような右の拳で、中田の頰骨の辺りにある《けんりょう》を殴りつける。

「うっ」

中田は両膝をついた。顔が割れたかと思うほどに痛く、熱かったが、根性で床にひれ伏すことだけは耐えた。

「そこも、顔面にある急所の一つだ。軽く殴っただけでも痛いだろう。せっかくだから、覚えておけ」

両手を太股につきながら、何とか中腰の姿勢まで上体を起こす。

次に川村は、中田が最初の生徒を倒した時と同じように右の拳の人差し指だけを少し前に突き出し、両眉の中心である《いんどう》を突いた。

「ぐあ」

あまりの苦しさに声を上げ、中田は床に崩れ落ちる。額の中心に鉄串が刺さっているような痛みが襲い、両手で押さえながら喘いだ。

川村は、中田をうつ伏せにして腰の辺りに馬乗りになり、相手の左腕を背中側にねじ曲げる。そのまま右手で制服のスラックスのポケットをまさぐっていき、中から生徒手帳を取り出した。

「お前は、変に律儀だなあ。携帯やタバコもないのに、こういうものをきちんと持ち歩くのか」

川村は片手で開く。

「北林第一高校の三年二組、中田数彦か。住所は――これは、近くにある児童養護施設じゃないか。あそこの寮生なのか？」

幼少の頃よりずっと、中田は縁の薄い親戚の家か、施設で暮らしてきた。

「よく町中でキレて暴れないで、ここに来たな。気合いだけは、認めてやる」

「早く殺せ」

黙ったまま、川村は中田の横顔を見下ろしている。

「俺は、こんな世の中、マジで生まれてきたくなかった。もう、うんざりだ。しょぼい自分にも、反吐(へど)が出るだけだ。だから、マジで殺してくれよ。この先、何かとんでもないことをしでかす前に」

「そう、嘆くな。お前みたいなやつが活躍できるところも、ほんの少しはあるかも知れないだろう？」

「ねえよ、そんな場所」

「将来、することや居場所が見つからなかったら、俺を訪ねてこい。巡査部長の川村年雄(としお)だ。いざとなったら、ここに入ればいい」

意外な言葉に中田は驚く。

「ただし、俺達の世界に来ても、絶対に幸せにはなれないし、快楽も一切ないぞ。それでも、市民を命懸けで守るという誇りと、焼けるような緊張感と、生きているという充実ならある」

川村の一存により、中田の暴挙が公になることはなかった。

*

一年半近く経過したある日の午後、警視庁警察学校の教官室で待機している川村のもとへ、電話の呼び出しがあった。

「川村です。ええ、そうです。はい。では、今から伺います」

いつものジャージ姿から黒のスラックスと薄手の紺のジャケットに着替えると、川村は表に出て、タクシーを止めて乗り込んだ。

川村が目的の交番に到着すると、ガラス越しに座ったままの中田の後ろ姿が確認できた。もう肌寒い季節なのに、擦り切れたジーンズに黒い半袖のTシャツ一枚だけの姿だった。

「ご苦労様です」

「わざわざお越しいただきまして恐縮です」

川村が中に入ると、正面のデスクに座っている制服警官と、中田の右隣に座っている二十代後半に見えるグレーのスーツ姿の女が立ち上がり、敬礼した。

他方、中田は座ったままで視線だけを川村に送る。

「よう。久し振りだなあ」

中田は無言のままだった。

川村が中に入ってから一気に交番の中は狭くなり、同時に、緊張感に包まれた。

「川村巡査部長。私、徳島と申します」

中田の右隣に立っている女が自己紹介する。

「それでは、あなたが電話を下さった徳島巡査長ですね」

「はい。本職は、所轄(しょかつ)の生活安全課少年係の所属で、少年犯罪撲滅キャンペーン月間のため、同僚達と新宿駅周辺を巡回しておりました」

女性警察官が川村に説明を始めると、中田が、

「おい、おい。あんた、さっきまでとは百八十度違う話し方じゃねえかよ。国民主権だぞ。それじゃあ、本末転倒じゃねえか」

と横槍を入れた。

女性警察官は苦々しい顔で中田のことを見下ろしたあと、再び話を続けた。

「そこで、やけに険しい目付きのこの少年を見つけたため、同僚と職質して持ち物検

査を実行しようとしたところ、頑なに拒否して、しきりに川村巡査部長のお名前を口にしたものですから。最寄りの交番であるここまで任意で同行してもらい、連絡を差し上げた次第です。ひょっとして、お知り合いの方でしょうか？」

川村は「そうだ」と、素っ気なく返事をする。

中田は女性警察官の顔をにらみ、「俺は何もしてないだろう。ただ歩いていただけだ。それに、ここへ来ることにも本当は同意していないんだ」と、不機嫌に言い捨てた。

川村が女性警察官を見据えると、諭すような口調で問い掛ける。

「徳島巡査長。君は、きちんと警察官職務執行法、第二条に従ったのか？　所轄で配られている職質のガイダンスにも目を通しているのか？　きちんと身分を名乗り、声を掛けた理由を告げ、そしてもちろん、主権者である国民に対して敬語で接したのか？」

「いえ、その――」

女性警察官が言葉に詰まっていると、笑いながら中田が、

「あんた、官名、職名とかの身分も、職質した理由も言ってねえし、横柄な言葉遣いだったよなあ」

と、嫌味たらしく言い放つ。

「それでは困るぞ。そういう普段の素行から、市民の皆様に余計な嫌悪感や不信感を持たれては、いざという時に、誰も親身になって協力してくれなくなる」

川村が指導するような口調で女性警察官に伝えた。

「はい」

「君が、彼の持ち物検査をしようとした理由は何だったんだ？　刃物でも振り回していたのか？〝できるだけ、何でも任意で、強引に〟では、互いにとって不幸だ」

「おっしゃる通りです」

「私は、何も本当に不審な者を見逃せと言っているわけではない。いかなる場合も適正な態度で相手に臨み、正当な手続きを取るべきだと言っているんだ」

厳つい体には似つかわしくなく、川村の話は理路整然としていた。

「それに、君はまだ司法巡査で、我々巡査部長以上の司法警察員をサポートする立場だ。独断で、現行犯でもない少年をここまで一人で引っ張ってきて、しつこく追及しようとしたのは問題だぞ」

「重ね重ね、申し訳ございません」

頭を下げ続ける女性警察官を得意気に横目で見上げながら、中田が横から口を出す。

「なあ、婦警さん。まだ若いあんたが、市役所に勤めていたら、さっき俺に話し掛けてきたような偉そうな口調で通用すると思うか？」

「いえ。すみませんでした」

　女性警察官が謝罪の言葉を口にしたことを確認すると、川村は「もういいだろう」と中田の肩を叩き、立ち上がるように促した。

　交番の外へ出ると、川村と中田は近くの道端で立ち話を始めた。

「お前、今何をしているんだ？」

「別に何も」

「帰るところは、あるのか？」

「そんなもんねえよ。昔の友達の家や、バイト先で知り合ったやつのところを転々としている」

「そうか。それならば、当面の間、俺のところへこい」

　中田は誘われるままに川村とタクシーに乗った。

第一章　相克

夕飯の支度が整うまでの僅かな時間を利用して、谷垣浩平は都内の臨海地区にある3LDKのマンションの書斎で新聞に目を通していた。

国債のさらなる発行、多数の死傷者を出した交通事故、海外生産の冷凍食品から多量の異物が発見されたこと——

生真面目な谷垣にとっては頭痛を催すような記事ばかりが社会面に並んでいたが、集中し、熟読していく。

「あなたー、ご飯よ」

リビングから朗らかな女の声が響き渡った。

「今いく」

二つ年下の妻である美樹の呼び掛けに返事をした谷垣は、今年で四十二歳になる。

警視庁刑事部、捜査一課の所属で、階級は警部だ。本日は公休日で、珍しいことに一日を通して親子三人で楽しい時間を過ごしている。

谷垣は新聞をめくる手を止め立ち上がると、リビングへ向かった。

足を踏み入れた途端、「パパー」と十歳になる娘の奈菜が膝元に抱きついてきた。

「さっきも聞いたけど、奈菜ちゃん、本当に短パンに半袖で寒くない？」

「うん」

春先とはいえ、まだ肌寒い日も多い。カーキ色のキュロットに赤い半袖Tシャツ姿の娘を見ると、つい心配になってしまう。

「あなた、そんなに心配しなくても大丈夫よ。子供は元気なんだから」

「そうか」

もうすでに三人分の手ごねハンバーグと白米が並べられた食卓に、みそ汁を運びながら、美樹が優しく告げた。

谷垣はダイニングテーブルの椅子に座りながら、ウェーブが掛かった栗色の髪から覗く、美樹の横顔を間近で眺める。

（あの頃に比べたら、老けたな）

素直な感想だった。

美樹は、現在でも美貌を保ってはいたが、出会った頃の谷垣の記憶と比べると、頬の辺りがこけて張りがなくなり、目尻には小じわが広がっている。しかし、落胆することはなかった。それだけ長い期間にわたり、二人の良好な関係が続いたことの証だからだ。
二人は大学時代から交際を始めた。ともに私立明光大学の学生だった頃、美樹は学内のミスコンで入賞するほど美しかった。四百メートル走の選手としてインカレでたびたび入賞した、百八十センチ近い長身の谷垣とは、美形同士として有名だった。幸せな関係は、生来の理想主義的性格から谷垣が警察官を志し、実際にそうなった現在まで続いている。

「やったー。ハンバーグだよ、パパ」

「ああ、よかったね」

夕食のメニューに喜ぶ娘の笑顔を眺めながら、谷垣はつくづく自分が幸せな男であることを噛み締めた。

「パパー、今日は一緒にディズニーランドへ行ってくれてありがとう」

「いいんだ」

満面の笑みを浮かべる奈菜の頭を、谷垣は手を伸ばして優しく撫でた。

警視庁捜査一課に転属になる前から、谷垣は休日に長時間にわたって家族とともに過ごすことを極力避けている。

しかし今日だけは、かなり以前から、娘の奈菜がどうしても三人で一緒にディズニーランドへ行きたいと言っていたために、家族全員で出掛けたのだ。最初の方こそ谷垣は、園内の人ごみに紛れて、自分への恨みを募らせている暴漢が潜んでいるのではないかと疑心暗鬼になった。しかし、すぐにそんな心配よりも久々の一家での遠出に胸が弾み、充実した一日を過ごした。

配膳を終えてエプロンを脱いだ美樹が席に着くと、三人は同時に、

「いただきます」

と手を合わせ、食事に箸を伸ばした。

三人が会話を弾ませながら食事を進めていた時、谷垣のポケットにあるスマートフォンから呼び出し音が響き渡った。

事件発生だろうと確信する。

「あなた」

長年刑事の妻を務めてきた美樹は、それが意味するものを理解している。

「ああ、仕事だ。悪いな。急いで出掛けなくては」

「えぇー。パパ、行っちゃうの？」

「ごめんね、奈菜。パパ、これからお仕事だ」

谷垣は箸を置き、娘の頭を撫でたあと、通話ボタンを押した。

案の定、それは緊急事件発生の知らせだった。

*

警視庁通信指令センターに通報が入ったのは、三月二十日、午後七時二十分だった。通報は、西新宿四丁目の清宮国際高校近くのアパートからだ。通報してきた一〇二号室の住人の男性は、

「隣の一〇一号室から、二人の男が激しく言い争う声と暴れる音が聞こえてきて、銃声のような轟音（ごうおん）も聞こえた」

と電話口でまくしたてた。

係官は、現場の住所を聞き出し、「急いでそこから避難して下さい」と告げるとともに、第四方面本部の新宿署に現場へ急行するように指示を出した。刑事組織犯罪対策課と警備課の一団は現場へ急行し、アパートの住民並びに近隣住民を避難させ、規制線を張った。

加えて、警視庁の捜査一課と警備部にも緊急出動の指令が下った。

今回の事案は《武装立て籠（こ）もり事件》と判断されたため、担当部署の待機室が慌（あわただ）しくなった。

捜査一課特殊犯捜査係の専任管理官である、グレーのスーツ姿で豊かな銀髪の高田（たかだ）

悟警視が前方に立ち、状況を説明している。

「事件現場の部屋の借り主が、犯人なのか人質なのか、現時点では不明だ。犯人の目的や要求、凶行に及んだ理由なども未だに分かっていない」

部屋には五列に長テーブルが並べられている。そこに、紺のつなぎのようなアサルトスーツの上から、両手と両足にプロテクターを装備し、防弾ベストの上からさらに様々な装備品が収納されたタクティカルベストをつけ、特殊ヘルメットを被った十人ほどの男達が座っていた。

谷垣は、丸の内署刑事組織犯罪対策二課から、約一年前に警視庁の〝特殊班〟へ転属となった。正確な所属は、警視庁捜査一課特殊犯捜査第一係で、谷垣はユニットの係長だ。

特殊犯捜査係であるＳＩＴ（Special Investigation Team）は、人質立て籠もり事件、誘拐、企業恐喝などに出動し、犯人を逮捕することが主要任務だ。第一係から第四係までのユニットで編成されており、第一及び第二係が人質立て籠もり事件や誘拐事件の担当で、第三係が大規模な業務上過失事件を担当し、第四係がそれらに該当しない特異事件を担当する。

特殊班は、密閉された部屋を様々な方法でこじ開けて突入するなどの特別な訓練を受けている。しかし、どちらかといえば、特殊技能を駆使する完全な実行部隊というよりは、重大事件の現場でほかの者達を指揮して統括することも多い、捜査部門トップの色合いの方が強かった。

もう一方の極秘集団である警備部の特殊部隊SAT（Special Assault Team）が、徹底的に特別な訓練を課せられて選抜された、若い警察官達で編成されている戦闘部隊であるのに対して、特殊班は、様々な現場をセオリー通りに経験してきた中堅やベテラン達を配属して成り立っているユニットだ。

無論、特殊班に所属する者達の情報も極秘扱いであり、自動式拳銃を用いた特殊な強行突入や犯人制圧の訓練も受けるし、装備や使用する銃器の多くは特殊部隊と同じものだ。それでも、屋上からロープを伝って目標の部屋まで猛スピードで降下し、窓を蹴破って進入したり、走りながらサブマシンガンで襲撃したり、遠方からのライフルによる狙撃なども完璧にこなせる特殊部隊員に比べると、戦士としての能力は一段低いと言わざるを得ない。

普段の彼らの訓練も、関係部署と共同での効果的な車両での追跡や、無線やコンピュータなどの通信傍受と解析方法などといった、戦闘訓練よりも捜査技術の向上の方に重点が置かれていた。

高田管理官による説明が続く。

「よって、不測の事態をにらみ、本庁から特殊班の精鋭である第一係が出動することが決まった。現場へ着き次第、係長の指示のもと、所轄の者達とともに速やかに人質を救出し、犯人を確保するように。特殊班係長、よろしくお願いします」

「了解」

特殊ヘルメットの透明な防弾シールドを上げたまま、最前列の右端に座っている谷垣が力強く返事をする。

転属となった約一年前から、谷垣は特殊班独自の訓練を受けてきた。しかし、実際にこのような完全武装で事件現場へ赴くのは今回が初めてだ。

谷垣は、自分が一課の特殊班に所属していることを妻である美樹にも告げていない。あくまでも、本庁の一課に転属になったとしか伝えていなかった。それは、余計な心配を掛けまいという思いやりからではなく、守秘義務があるからだ。特殊班の要員達も特殊部隊員達も、身分や、訓練中も含めて活動の中で見聞きしたことを、家族であっても他人に漏らしたならば、法律で罰せられる可能性がある。

「特殊班係長、ことの推移は逐一無線で本部へ連絡するように」

「了解」

「それと、今回は万全を期すために、特殊部隊にも出動を要請した。特殊部隊の指揮班、制圧第一班、狙撃支援班、技術支援班も、ともに現場へ急行する。以上」

谷垣を先頭に、特殊班第一係の要員達は駆け足で地下駐車場へ向かった。

要員達が乗り込むと、覆面パトカーであるシルバーのステップワゴンが速やかに発車した。すぐに、同じ車種の無線指揮車もあとへと続く。

サイレンを鳴らしながら進んでいると、ワンボックスを改造した、濃紺の四台の装甲車がすぐあとからついてきた。機動隊が所有する、ゲリラ対策車や遊撃車とも呼ばれる車種だった。先頭車両の正面右側には、特殊部隊を表す第六機動隊の6と、指揮班を表すCを合わせた、6－Cの表記がある。二台目の制圧第一班の車両には6－P、三台目の狙撃支援班には6－S、そして四台目の技術支援班の表記は6－Bだった。

六台の車列が現場を目指して疾走した。

＊

「どいて。どいて下さい」

「下がって」

通報があったアパートの周辺は騒然としている。現場から一定の距離を取って設けられた規制線の外側を、早くも数十名の野次馬達といくつかの報道関係のカメラが取り囲んでいた。

現場近くへにじり寄ろうとする人垣を、近くの交番から派遣された何人かの制服警官達が大声で制している。

少しすると、制服警官の誘導によって、規制線付近に特殊班並びに特殊部隊の車列が到着した。

先頭車両から谷垣を先頭に特殊班第一係の要員達が降り立ち、現場へ駆けつけていた所轄の捜査員の方へ歩いていく。

一方、後方の特殊部隊の車両からは、漆黒のプロテクターに身を包んだ分厚い体の男が降り立った。最近になり、教場の助教から、警備部第六機動隊、指揮班の班長として、現場に復帰した男だった。続けて、制圧第一班の班長である、同じく完全武装姿をした一際背の低い男が、防弾シールドを上げたまま地面へ降り立ち、その場で待機する。

制圧第一班の班長は鋭い眼光のままだったが、小さくあくびをすると、

「どうせまた、大袈裟に臨む割にはしょぼい事件なんだろう」

と地面に唾を吐いた。

腕章を巻いたダークスーツの男が、防弾シールドを右手で上げた谷垣のもとへ駆け寄ってきた。

「特殊班の係長ですね？」

「そうだ」

「所轄の別所（べっしょ）です」

「今から、この現場は私が指揮をとる」

「了解」

「アパートの住人は全員避難したか？」

「はい」

「よし」と返事をした谷垣は振り返り、

「特殊部隊の班長達」

と声を掛ける。

谷垣の声に、二人が駆け足でやってくる。

「君達がそうだな？」

駆け寄ってきた二人が、

「指揮班班長です」

「制圧第一班班長」

とそれぞれ口にした。二人とも、氏名は口にしなかった。

「それでは、我々に状況を説明してくれ」

谷垣が促すと、別所は胸元からメモを取り出し、説明を始める。

「一〇一号室に立て籠もっている男は、その部屋の住人で、指定暴力団創義会の傘下、原口組の構成員《笹崎勲、三十九歳。男性》の可能性が高いと思われます。笹崎の犯歴を照会し、原口組にも話を聞いたところ、笹崎は、小規模ですが昔から拳銃の密売を行っており、銃を持っている可能性は高いそうです」

説明を聞く谷垣が眉をひそめた。

「なお、人質に取られている男は、こちらも原口組の話では、恐らく、本日朝から笹崎と行動をともにしていたはずの、同組若頭《風間敏明、四十五歳。男性》だろうと言っていました。彼は幹部で、銃を持っている可能性はないとのことです。風間の方が人質であることは間違いがないでしょう」

「これまでに何発、発砲した？」

「通報があった時点で、一発。我々が現場へ到着してからも、銃声らしき轟音が一回部屋の中から聞こえました。先ほどから、何度か拡声器で投降するように呼び掛けていますが、笹崎は姿を見せず、何の返答もしてきておりません」

「そうか」

傍らで一緒に話を聞いていた制圧第一班の班長が、

「ほら、やっぱりなあ。わざわざ俺達を呼んどいて、結局相手はチンピラ一人だよ。

下らねえ」

と、小さく吐き捨てた。

左横にいた指揮班の班長が、すかさず「口を慎め」と一喝する。

「特殊班係長、どうしますか？　今も、係の者が原口組と電話をつないだままでいます。組関係の誰かを、説得のためにこちらへ寄こしてもらいますか？」

別所が谷垣に判断を仰ぐ。

しびれを切らしたように、制圧第一班の班長がいきなり谷垣と別所との間に割って入ってきた。

「あー、いい、いい。そんな面倒なことをしなくても。俺らがすぐに、ぱっぱっと片づけてやるから。こんなの、ごちゃごちゃと相談する事件じゃねえ。秒殺だよ」

「制圧第一班班長、静粛にしたまえ」

すぐにまた、出過ぎた発言を指揮班班長が大声で叱る。

今度ばかりは谷垣も、相手の態度を見過ごすことはできなかった。

「制圧第一班班長。現場を指揮するのは、私だぞ」

「もちろん、分かっていますよ。シットの係長」

「我々はシットではない。エスアイティーだ」

「失礼しました。エス、アイ、ティーの係長」

制圧第一班班長はにやにやしながら、わざとらしく敬礼をする。

《シット》だと大便を意味する英単語と同じ発音になるために、特殊犯捜査係は英語読みの略称では《エスアイティー》と呼ぶことが好ましいとされている。谷垣は、相手はそれを分かった上で、面白がって「シットの係長」と呼んだのだろうと察した。

挑発的な笑みも、谷垣は見逃さなかった。

「お前、なぜ笑っているんだ？　何がおかしい？　今は緊急事態だぞ」

「係長。お言葉ですが、野次馬と、動員された我々警察官の数だけは凄いけど、これが重大事件で、緊急事態だなんて、正直私には微塵（みじん）も思えませんよ」

谷垣の叱責にも、相手は全く動じずに、下から鋭い眼光でにらみ返している。防弾シールドを上げた特殊ヘルメットの下にある、濃紺の頭巾から覗く狐のように細くて鋭い目付きを見ているうちに、谷垣の脳裏にはある噂が思い浮かんできた。

「――悪魔」

谷垣は思わず口にしてしまった。

果たして本当に実在するのか、それぞれのエピソードのどこまでが真実なのか定かではなかったが、警視庁管轄下の警察官達の間では噂となっている人物がいる。

その男は、決して表沙汰になることはなかったが、〝警視庁警察学校へ乗り込んできて、一つの術科の教場を実力で破壊した〟と言われている。これが本当ならば、警察史上初の不祥事だった。

その後、男はなぜか警察に入り、本庁の機動隊から特殊部隊へ志願し、都内の養成所を部隊設立以来最も優秀な成績で通過したのだという。そして、実戦訓練で派遣された海外の演習場では外国の特殊部隊員達を何人も再起不能にしたらしい。国内に戻ってからも、世間を賑(にぎ)わしたハイジャック事件などに出動し、完膚なきまでに犯人を痛めつけて制圧したと囁かれている。それらのエピソードと事件現場での人間離れしたパフォーマンスから、男は特殊部隊最強の〝悪魔〟と呼ばれている。

濃紺の頭巾から覗く、鋭い目付きと不敵に笑う口元を見下ろしながら、

(――間違いない。こいつが特殊部隊の悪魔だ)

と谷垣は確信した。

＊

川村とタクシーに乗り込んでからおよそ半年ののち、中田は正式に警視庁警察学校へ入学することとなった。

近年では、年を追うごとに警察官の増加を求める風潮が高まっている。しかし警察学校は、その他多くの教育施設とは異なる特殊な場所だ。入学した者達の全員が卒業できるわけではない。過酷な肉体訓練についていけなかったり、厳しい規律に耐えら

れなかったりして、高卒、大卒を問わずに、初任教養中に辞めていく者達が三分の一ほど出てくる。

しかし、人生で苦痛しか感じてこなかった中田にとっては、過酷な空間ではなかった。朝早くから始まる教練、体育、各種術科の訓練は、軽いものに感じられた。

それらよりも、法律についての講義や、与えられた架空の事件について警察官としてどう対処するべきかといったミーティングの時間の方が、中田にとっては辛かった。中田は生来人嫌いだったが、彼の実技科目の優秀さにみなが一目置いていたため、人間関係でのトラブルは皆無だった。


入学してから十ヶ月後に無事に初任教養を終えた中田は、その後八ヶ月にわたり、出世コースと言われている第一方面本部の丸の内署管轄下の交番で現場実務を経験し、再び警察学校へと戻ってきた。そこでさらに三ヶ月間の初任補修教養を受けて、晴れて卒業することができた。卒配も、実務研修を行ったところと同じだった。

こうして、中田は警察世界での生活を順調にスタートさせた。

それからしばらくののち、中田は驚異的なスピードで警視庁へ栄転となり、警備部へと配属された。

その後、中田は、特殊急襲部隊である第六機動隊、通称《ＳＡＴ》からスカウトを受け、応じた。内部では〝特殊部隊〟と呼ばれている。テロリストが関連する事件、ハイジャックなどの高度な逮捕制圧技術を要する事件、さらに、特殊犯捜査係《SIT》だけでは手に負えないような凶悪事件に出動し、犯人を制圧するための部隊だ。

特殊部隊は、国際線が数多く就航する空港があり、米軍関連施設が集中している都道府県の、警察本部に編成されている。警視庁と大阪府警が最も人数が充実していて、北海道警、千葉県警、神奈川県警、愛知県警、福岡県警、沖縄県警にも配置されており、総員は約三百名と言われている。

彼らは、所属こそ各都道府県警察本部だが、部隊運用は国費で賄われており、管轄を超えて全国各地へ派遣できる体制が整えられている。特殊部隊員達は、市街戦において最強の、日本国内における唯一無二の戦士だ。

中田がスカウトに応じた理由は、もちろん川村の強い勧めもあったが、通常勤務だけでは決して満たされない、暴発しそうな自らの血を静めるためだった。

特殊部隊員への試験入隊訓練は想像を絶する厳しいものだ。

中田は、一般社会から完全に隔離された都内某所の訓練施設で、国に命を捧げることを誓ったほかの志願者達とともに、拷問のようなメニューを課せられた。決して公表されなかったが、養成プログラムの過程ではこれまで何人かの死者も出ており、命はあっても再起不能の体になってしまった者達もいた。

特殊部隊員への養成プログラムは、警察学校の通常課程の十倍は厳しかった。それでも、中田は優秀な成績を残しながらステップを着実に上がっていった。

ハードな訓練の最中にいたため、中田の暴発しそうな内面の荒波は、表面上は落ち着いているように見えた。しかし、闇の度合いはますます深さを増していた。

(戦闘、襲撃、破壊、制圧――これこそ俺の世界だ)

すでに中田には、非日常の合法的暴力活動にしか生きる道はなくなっていた。

約二週間にわたる試験入隊訓練を経て、中田はトップの成績で特殊部隊員となった。飢えた狐のような顔つきと輪郭はそのままだったが、体全体には筋肉がつき、厚みが増している。中田のような低身長の隊員はほかにはいなかったが、訓練課程での成績があまりにも優秀だったため、問題視されなかった。その後、さらに約一ヶ月にわたり、新部隊員訓練(しんぶたいいんくんれん)に参加した。

中田のＩＤは、それまでのものから新たなものへと書き換えられた。《ＫＳ００１》が、上官から告げられた新たなＩＤだった。

(――警視庁、特殊部隊、一番)

満足しながら、中田は胸中で反芻(はんすう)した。

この瞬間、中田数彦のデータは極秘扱いとなり、一般的な警察のデータベースからは抹消された。特別な手順を踏んだ限られた者にしか、素性は開示されなくなった。

「俺、一番になったの、生まれて初めてだ」

新たなＩＤを告げられた中田は、不敵に笑いながらつぶやいた。


その後中田は、かつて川村が口にしたキリングヴィレッジに実戦訓練で派遣され、その地で何人もの外国の特殊部隊員を再起不能にした。

＊

「庁内のやつらが、そういう風に俺のことを呼んで、噂をしていることは知っている」

谷垣に悪魔とつぶやかれても、制圧第一班の班長は全く動じなかった。

「そういうあんたこそ、〝王子〟なんだろう？」

今度は相手が、綺麗（きれい）な二重まぶたの目もとを見上げながら、問い掛ける。

「俺も、あんたの噂を聞いたことがある。〝甘いマスクで有名な、成績優秀な丸の内署の王子様が、本庁の捜一に引き抜かれたらしい〟ってな。それに、噂はまだまだあるぜ。あんた、警察の人間のくせに、同僚の不祥事を平気で警務部やマスコミにリークしたり、組織の問題点や改善案なんかのレポートを上に提出したりするんだろう？」

「だとしたら、何だ？」

　その噂は本当だった。しかし、それでも谷垣が、上層部に煙たがられずにここまで順調に階段を上がり続けることができ、特殊班にも選抜されたのには、単に優秀であること以上に大きな理由がある。

　丸の内署の前、品川署に在籍していた時に、谷垣は大きな褒賞を受領した。それは、民間人にも警察内部の者にも乱発される、感謝状や署長賞、本部長賞や警視総監賞といった一般的なものではない。谷垣が受領した褒賞は、警察組織の者達しか受けられないものの中で二番目に大きな、《警察功労章》だった。この褒賞が授与されるケースは稀有であり、十数年に一度あるかないかといった類のものだ。

　ある時、一人の少女が行方不明になった。警察は、事故と事件の両方を視野に入れ、捜索を開始した。それから半年がたち、捜査の進展がないなか、報道機関からは「ふがいない」との非難の声が上がり始める。その少女の行方を、谷垣は突き止めたのだ。身柄の保護と同時に彼女を誘拐した犯人も逮捕した。

　谷垣はこの事件で名をあげた。だからこそ、警察組織改善のための提案をことあるごとに内外に向けて発信し続けているにもかかわらず、今まで順調に出世することができたのだ。

「そんな理想主義的な行動ばかりしているから、あんた、陰で王子なんて言われてるんだよ」

「なんだと」

状況を無視した暴言に、所轄署の別所は呆気に取られた表情をしている。

「おい。今言ったことを撤回しろ」

激昂した谷垣が相手に詰め寄ると、指揮班の班長が間に割って入った。

「特殊班係長。申し訳ありません。特殊部隊指揮班班長として、代わりにお詫びいたします。彼の状況を無視した態度は私の指導不足であり、私の責任です」

あまりの圧力に押され、谷垣は我に返った。

「我々の個人名は本来極秘でありますが、彼は中田数彦といい、若くして警部補となった極めて優秀な特殊部隊員です。人間としては多大な欠陥がありますが、使える男です」

不服そうに、中田は口をつぐんでいる。

「それでは、彼を指揮する立場の君は、誰なんだ?」

「失礼しました。私は川村治と申します。階級は警部であります。私に免じて、どうかご容赦ください」

「分かった。今後は、きちんと指導したまえ」

緊急事態ゆえ、谷垣は必死に怒りを抑え込む。

「了解。それでは本題に入りますが、早急に作戦を立てて実行に移さなくてはなりません」

川村が、力強く谷垣に助言する。

「よし。ここは、セオリー通りにいった方がいいだろう。まず、我々特殊班が、ドア越しに被疑者に対して呼び掛ける。特殊部隊には裏手で待機してもらう。基本的には説得で投降を求めるが、やむを得ない場合は突入する。その際には、フォローしてくれ」

「了解。裏手の隊員には、私がここから、状況を見ながら指示を出します」

「その前に、現在の部屋の中の様子が知りたい。我々としては、できれば被疑者が落ち着いている時に話したい。コンクリートマイクで部屋の中を集音してきてくれ」

川村は「了解」と返事をすると、中田を一瞥(いちべつ)した。

中田は防弾シールドを下げ、一旦、後方で待機している技術支援班の車両へ向かい、それから自分の班の車両の中へと戻った。制圧第一班は、四名からなる分隊、四個で編成されている。すぐに、完全武装した部下三人とともに外へ出てくる。

谷垣は少し離れたところで部下達に作戦の説明をした。

車列の脇に出された簡易テーブル上の通信機を調整していた川村の横で、中田が部下達に説明を始める。

「これから我々P班は作戦を開始する。今回の事案は、アパートの一室という局地で起きているため、我々の分隊だけで対処する」

「了解」

「まず、P1とP2の二名。一〇一号室の内部の様子を、正面と裏側からコンクリートマイクで探ってきてくれ」

二人の特殊部隊員は「了解」と小さく首肯(しゅこう)した。

〈二人とも、マイクで私の声が聞こえるな？〉

川村の口元のインカムからの問い掛けに二人は頷き、中田の〈俺の声も聞こえるだろう？〉というインカムを通じた言葉にも頷き返した。

男が立て籠もっているアパートは、二階建てのありふれた白い外観で、各階に五つずつ部屋がある。

二人の特殊部隊員達は、ドイツ製のサブマシンガンであるH&K社製のMP5を抱えながら、中腰のまま滑らかな駆け足でアパートへ向かっていく。

問題の部屋のドアへ向けて照明があてられているために、遠くからでも、一〇一号室の前に特殊部隊員の一人が到着し、MP5を傍らに置き、コンクリートマイクで中の様子を聞いている姿が確認できた。しかし、谷垣達のいたところからは裏手の状況は分からなかった。

〈P1、応答せよ。中の様子はどうだ?〉

川村がインカムに手を添えて尋ねる。

〈二人の男の声が聞こえます。「シャブ」、「てめえ」といった言葉しか分かりません〉

中田が、

〈P2、裏手からはどうだ?〉

とインカムで問い掛けると、

〈激しい怒鳴り声が聞こえます〉

ともう一人の特殊部隊員が返事をした。

川村がその内容を口頭で谷垣に伝えて、指示を待っていた時だった。

唐突に、轟音が周囲に響き渡る。

「銃声だ。もう猶予はない。我々特殊班は、先ほど言った通り正面から被疑者へ接近する。特殊部隊は裏手へ」

谷垣が叫んだ。

特殊班の第一係は五名で構成されている。防弾シールドを下げた谷垣は、四人の部下を引き連れて素早く玄関へ走っていった。

〈P1、裏手へ回れ。我々は、特殊班の強行突入の援護に入る〉

川村はインカムで玄関にいた特殊部隊員に叫び、中田に目で合図する。

中田は何も言わずに、一人の部下とともに一〇一号室の裏手へ音もなく走り出した。

「笹崎。ここを開けるんだ」

一〇一号室のドアの前で、谷垣がノックを繰り返しながら大声で呼び掛けた。しかし、返事はない。微かな声さえも漏れ聞こえてはこない。ドアノブを回してみたが、開かなかった。

谷垣は近くの要員に、ドアの鍵を開けるようにと、指先と視線で合図を送る。

一人がドアの正面に屈み込み、タクティカルベストの中からドライバーに似た棒状の器具を取り出した。それをドアノブのシリンダーの中に差し込み、慎重に回転させていく。

屈んだままの要員が、鍵が開いたことを谷垣に知らせた。そのまま慎重にドアを開けていき、内鍵が施錠されているかどうかを調べた。

幸いなことに、内鍵はかけられていない。

谷垣は、ドアノブを握っている要員に一気に開けさせると、三人で中へ踏み込んでいった。残りの二人は玄関口を挟むようにして警戒を続けた。

部屋の間取りは2DKで、玄関口から入るとすぐにダイニングキッチンがあり、左の奥に流し台がある。右側手前に一部屋と、その奥にユニットバスがある。そして、正面にある部屋の引き戸の隙間からは電気が漏れていて、そこから人の気配がした。

「警察だ。静粛にしなさい」

オートマチックのベレッタM92を両手で構えた谷垣を先頭に、同じ銃を構えた二人の要員が後方から左右に分かれてフォローする形で、慎重に正面の部屋へと向かう。途中、後方右側にいた一人の要員は、右側の電気が点いていない部屋の中とユニットバスの中も一通り調べた。

右手でベレッタを構えながら左手で戸を引き、部屋に踏み込もうとした谷垣が目にした光景は、凄惨なものだった。

殺風景な八畳ほどの部屋の中、向かって左の壁際では、ノーネクタイで黒いスーツ姿、角刈りに髭を蓄えた大柄の男が、両目を開けたまま頭を右に傾けて、大の字で絶命している。死体の、頭部左上方の一部は欠けている。すぐ後ろの壁に、血や脳漿、ピンクの脳の一部が飛散していた。

反対側の壁際では、ジーンズと黒いカーディガン姿で、金のネックレスをした茶髪の男がうずくまっていて、苦悩するように頭を左手で支えている。

「笹崎だな?」

谷垣が問い掛けると、男は虚ろな視線で見上げてきた。右手に持った、銃身が極端に短いリボルバー銃を、力なく谷垣に向ける。

谷垣には兄貴分を殺害してしまった笹崎が放心状態に陥っていることが分かった。

「笹崎、銃を下ろしてくれ」

谷垣が穏やかに頼んでも、笹崎は呆然(ぼうぜん)としながら銃を向けたままだった。しかし、相手からの殺気は微塵も感じられない。

「笹崎、何があったんだ?」

犯人が半ば死に体になっていると判断した谷垣は、意地になって相手に銃を捨てさせるのではなく、あえて自らが先にベレッタを下ろした。特殊班は犯人との交渉術に長(た)けている。彼らの任務の目的には、人質の救出のほかにも、可能な限り説得によって犯人を逮捕するということがある。

「兄貴の野郎。組ではシャブの扱いを禁止しているのに、いつも俺にしのぎをやらせやがったんだ」

「そうか。それで?」

「上前をはねるくせに、ばれるといつも俺一人のせいにしやがる。おかげで、いつまでたっても俺は下っ端だ。だから俺は、いつかけじめをつけてやろうと、ずっと思っていたんだ」

「そうか。詳しい話は、署の方できちんと聞く。さあ。出頭して、罪を償うんだ」

ちょうどその頃、一〇一号室の裏庭では、特殊部隊員達が待機し、室内の様子を窺っていた。

先ほどの物音で特殊班が踏み込んだことは推測できたが、裏庭からだと窓のシャッターが閉まっているので中の様子は見えなかった。

中田は部下の一人を伴って右側へと回り込む。

一〇一号室は、正面から見てアパートの棟の左端に位置していた。谷垣がいる部屋の、死体に近い二辺の壁の上部には、外に面した長方形の横長の窓がそれぞれ二枚ずつある。

中田はMP5をストラップで背中に背負い、部下の一人をしゃがませて肩の上に立った。そのまま、谷垣達がいる部屋の上部にあった二枚の横長の窓のうち、左側のものを開けようとしたが、鍵がかかっている。

分厚い特殊プロテクターとグローブをつけていた右の拳で、中田は、窓の一部を二回、静かに殴りつけた。

ほどなくして、微かな音とともに、窓の一部が難なく崩れ落ちる。たとえ人の手首を簡単に切断できる手斧でも、特殊部隊員がつけている両手のプロテクターは問題なく受け止められるほど強固だった。

中田は、ガラスが崩れ落ちた部分から手を入れて鍵を開け、静かに窓を開き、そこから身を乗り出して部屋の様子を見下ろした。すると、右斜め前方では、ベレッタを下ろして立っている谷垣に対し、笹崎が小型のリボルバーを向けている。

一旦窓から身を引くと、中田はMP5を背中から前方へ回した。そして素早く、フォールディングストックを右前方に折り畳んだ。さらに、前方下部のフォアグリップを抜き、左横につけ替える。こうすることで全長が短くなって操作性が高まり、横に細長い窓枠から銃口を入れて標的を狙えるようになった。

特殊部隊員は、市街戦の全ての状況に対応できなければならない。通常の警察官達が所持しているリボルバー式のものよりも格段にレスポンスに優れている、オートマチック拳銃での射撃訓練や、狙撃用ライフルを使用した遠方の標的に対する訓練なども行われる。

特に重要視されているのが、MP5を用いた訓練だ。このサブマシンガンは、比較的コンパクトなサイズながら、近距離からある程度遠方のターゲットまで対応できる、世界中の特殊部隊から愛されている軍用銃だ。操作性の高さで圧倒的なアドバンテージを誇り、腰を据えて遠方の標的を狙撃する時、走りながら狙撃する時、狭い場所から狙撃する時などのそれぞれの状況に応じて、銃底であるフォールディングストックを折り畳めたり、前方のフォアグリップを取り外して横位置につけ替えたりと、フレキシブルに形状を変えられる。

中田はMP5とともに窓枠から身を乗り出し、拳銃を握った笹崎の右手に照準を合わせた。

瞬間、軽快な炸裂音が部屋中に鳴り響く。

笹崎の右手首から先が、赤い煙幕に包まれ、消滅した。

「だあー。手がー。手がー」

笹崎は悲鳴を上げ、床に倒れたまま身をよじった。

興奮した中田が、防弾シールドの下で、

「ハッハー。右手が弾けてバババババーン」

と奇声を上げる。

谷垣の後方に控えている、二人の要員が部屋の中へ飛び込んだ。

一人が吹き飛んだ右手のそばに落ちている拳銃を拾いあげ、もう一人が笹崎の上体を起こし、「負傷者だ。医療班を呼べ」と叫んだ。万が一のために予め呼んである救急車が、規制線付近で待機している。

MP5を背中に回した中田が、窓枠から部屋の中へ下り立った。

〈こちら、制圧第一班班長。たった今、被疑者を制圧。被疑者は負傷したが、命に別条はない。なお、人質の男性は、被疑者に頭部を撃たれて死亡した〉

中田は、口元のインカムで川村に状況を報告し、防弾シールドを上げる。

八畳ほどの部屋は、血と肉の臭いと呻き声、過剰な人数とで飽和状態だった。

すぐに担架とシーツが運び込まれてきて、風間の遺体と負傷した笹崎が運び出された。

室内に二人きりになった瞬間、ベレッタをホルスターに収め、防弾シールドを上げた谷垣が、中田の首を右手で締め上げる。

「なぜ勝手に発砲した」

「そりゃあ、ベレッタを下ろしたあんたが、あいつにリボルバーで狙われていたからだよ」

今回の結果は、谷垣にとって最悪の悲劇だった。

自分達の職務は、むやみに犯人を傷つけることなく、彼らに正当な法の裁きを受けさせることなのだと谷垣は考えている。そして、全ての犯罪者達が、いつの日か自らの罪を心底悔いて更生して欲しいと願っていた。罪悪感に身を震わせることこそが、人間が人間たるゆえんなのだからと。

相手が凶悪犯で、緊急事態でも、全ての警察官は、威圧的な態度ではなく、先進国の行政官として常に綺麗な言葉を使い、誇り高く振る舞うべきなのだ。また、警察官の標準装備は、被疑者に致命傷を与えないゴム弾や唐辛子弾、スタンガンなどに変えきた。

た方がいい。信念に基づき、こういった意見書や上申書などを谷垣は何度も提出して
　そんな自分の信念が踏みにじられたのだと、谷垣は憤慨した。

　相変わらず首元をつかんでにらみ続けている谷垣に対し、中田の方は涼しい顔をし
ている。

「なあ。あんた、分かってんのか？　あんたは、狙われていたんだぞ」

「違う。そうじゃない」

「はあ？」

「笹崎は、あの時はもう放心状態だった。私は、やつの話を聞いていた。あのまま、
あともう少ししていたら、確実に投降していた」

　中田は首元の手をほどき、話を続けた。

「どうかなあ。もしかしたら、撃たれていたかも知れないぜ」

「ありえない。それに、万が一撃たれたとしても、お前だって分かってるだろう。

我々の装備なら、あんな拳銃では、至近距離から撃たれても絶対に無傷だ」

「確かに、九十九パーセントはそうだ。けど、俺達の装備だって完全なわけじゃない。

ほんの微かな隙間から小さな弾丸が命中する〝不幸中の不幸〟ということもある」

　かつて、犯人の流れ弾が、微かに隙間のあった首元にたまたま命中し、その結果命

を落としてしまった警戒中の特殊部隊員がいた。

「指揮をとっていたのは、私だったんだぞ。我々の目的は、交渉による犯人の逮捕だったんだ」

「こちらも、出動した以上は自分達の仕事をさせてもらう。俺達の任務は、被疑者の制圧だ。なあ、もういいじゃねえか。事件は解決したんだ。被疑者も、負傷はしたが命もあって、逮捕もできた。やつの右手が吹っ飛んだくらい、何だっていうんだ。あいつは暴力団員で、人殺しだぞ」

中田が半笑いで言ったため、谷垣は再び詰め寄ろうとする。

両手を前に出して制し、中田は話を続けた。

「待て、待て。あんた、さっきから何をそんなにかっかしてるんだ？　もしかして、こんな些細(ささい)な一件で、自分に何かペナルティが課せられるとでも思ってんのか？」

「何だと。お前は、何を言っているんだ？」

谷垣の怒りはトーンダウンし、相手の神経を疑いはじめた。

「心配すんなよ。あいつの右手を吹き飛ばしたのは、この俺だ。俺達特殊部隊員には、たとえ任務中に人を殺しても、法的責任から免れることができるように、あらゆる予防線が張られている」

谷垣は言葉を失い、呆然とする。

「そんなにびびるなよ。大丈夫、何の心配もねえって。係長が、この一件で問題になるなんてことは絶対にない。あんただって、新聞くらいは読むだろう？　この国は、何だかんだ言っても、政治家と公務員の超優遇国家なんだよ。それに今は、インチキ右翼が調子に乗ってる世の中だ。きっとやつらも、今回のことを応援してくれるよ。実力行使どころか、いっそのこと〝殺しちまえばよかったのに〟って」

嬉々（きき）とした表情と常軌を逸した口調で、血なまぐさい現場でも笑顔で軽快にしゃべり続ける相手を、谷垣は徐々に不気味なものと認識しはじめていた。

「係長だって、知ってるだろう？　横浜で、ナイフ一本で強盗しにきた男を二人の制服警官が射殺したこともある。今は、制服警官の発砲でさえ、ほとんど問題にならないんだよ。それどころか、最近だと、たかが殴り掛かられたくらいで相手の膝を打ち抜いた制服警官だっている。まっ、それくらい素手で制圧しろって言いたいけど、とにかく今は、司法も市民も奴隷根性だから、俺達には甘々なんだよ」

谷垣は口を閉ざし続けている。

その様子を目にした中田は、調子付いてまくしたてた。

「なあ、おい。勘弁してくれよ。本気で、何か処分があるかもって、びびっちまってんのかよ。絶対に、大丈夫だって。相手は暴力団員で、しかも、殺人犯なんだぜ」

うつむき、眉をひそめている谷垣を尻目に、相変わらず中田は意気揚々と剣呑（けんのん）な言葉を投げ続ける。

「マスコミだって腑抜けだから、政府や警察には本気でたてつかねえよ。今回の件も、〝適正な制圧だった〟とか、〝突入に問題はなかった〟と記者クラブで発表すれば、言われたままそう流して、何も追及してこないって。あんたも堂々としてろよ。俺達はただのおまわりじゃねえ。極秘部隊だ」

眼前の相手に対する不愉快さと不気味さを、谷垣は何とか押し殺そうと必死だった。

「お前が今言ったような傾向は確かにあって、それらは問題だと、私は常日頃から思っている。それでも、お前のこの現場での先走った発砲は、決して正当化できない」

「そうかなあ。少しでも危なかったら、取りあえず先に、こっちからどんどん撃っちまえばいいんだよ」

「間違ってる。間違っているぞ、制圧第一班班長」

興奮した谷垣が大声で叫ぶ。

「そんなに興奮すんなよ、おっさん。俺達特殊任務に就く人間は、とにかく堂々としていればいいんだよ」

語気を荒らげた谷垣を、中田は鼻先であしらった。

谷垣は怒りで言葉を詰まらせる。現場での暴走と、人をなめきったふてぶてしい態度には、もちろん苛立ちを覚えた。しかし、それよりもさらに彼を苛立たせていることは、自分に平然と意見してくることだった。

「俺は、権力側の人間に有利な世の中が、この先もまだまだ続くと思うんだけどなあ」

　中田が、まるで人ごとのようにつぶやく。

　人を小馬鹿にした態度に耐え切れなくなった谷垣は、思わず相手の顔面に殴り掛かってしまった。

　しかし、中田は軽やかに右にかわすと、すぐに背後に回って谷垣の左腕を背中側にねじ曲げて右肩をつかみ、顔面ごと近くの壁に押しつけた。

「放せ」

　谷垣が叫ぶと、中田はすぐに両手を放す。

「殺してやる。お前を、殺してやる」

　興奮した谷垣はベレッタを抜き、相手へ向けて両手で構えた。

「やってみろよ、王子。けど、あんたにはできないよ。俺は、生まれつき荒んだ人間だからな。自分と同じやばい人間は、臭いで分かるんだ。あんたからは、特殊任務に就いていても、まともな、満たされた人間の匂いしかしてこねえ。俺は今、全く殺される恐怖を感じていない」

「何だと」

またも馬鹿にされ、さらに頭に血が上った谷垣は、ベレッタのセーフティを左手の指先で外した。

それにも構わずに、中田は笑顔で間合いを詰めてくる。自ら額に銃口を押しつけるようにして、谷垣を下から見上げた。

「俺は、あんたとは違う。俺は、人を殺したことがある。一人じゃねえ、何人もだ。キリングヴィレッジで、俺は、人を殺したんだ」

谷垣は引き金を引けずにいる。

その時、二人の要員が室内に戻ってきた。

「係長。どうしたんですか」

「やめて下さい」

二人がかりで谷垣の腕をつかみ、銃口を上にそらした。

「大丈夫だ。何でもない」

我に返った谷垣が、セーフティーをロックして、ベレッタをホルスターへと戻す。

「忘れないで下さいよ、係長。俺は、あんたの命の恩人なんだ。あの状況は、やばかった。あんたは、銃を下ろすべきじゃなかった。俺達のような任務では、不幸中の不幸がいつ起こるか分からないんだからな」

谷垣は鋭い眼差しで相手をにらんだ。

「何も心配することはねえよ。俺達は、無力な日本国民じゃない。警察世界の人間なんだ」

吐き捨てると、中田は足早に玄関口へ向かう。

谷垣も一回深呼吸をすると、二人の部下を伴って血なまぐさい部屋をあとにした。

規制線の近くでは、川村から話を聞いた所轄の別所が、一人の報道記者に話をしていた。

「残念ながら、人質の男性は死亡。被疑者は確保した。負傷はしているものの、命に別条はない。立て籠もった理由は、暴力団内部の揉めごとらしい」

谷垣も、特殊班の無線指揮車へ向かい、手渡された通信機器で本部の高田管理官に事態終結の報告を行った。

〈恐らく三度目の発砲時に、人質の男性は射殺されたと思います。その後、特殊部隊とともに被疑者を確保。なお、被疑者は負傷しましたが、命に、別条は、ありません〉

谷垣は、無傷のまま被疑者を確保できなかったという、拭い切れない後悔の念を抱いている。

（あいつのせいだ）

その目に、各々の車両へ引き上げていく特殊部隊員達の後ろ姿が映った。

一際身長が低い、中田の背中が際立って見える。

やがて、濃紺の車列は静かに走り去っていった。

＊

春の生暖かい風の流れに乗るように、谷垣は珍しく定時で帰路につくことができた。

帰宅すると、スーツ姿から着替え、妻の美樹と会話をしながら一休みした。その後、薄手のブルゾンを羽織り、娘の奈菜を塾へ迎えに出掛けた。

塾での授業を終えた奈菜と、谷垣は手をつないだまま自宅へ戻る。二人が歩いているのは、高層マンションに囲まれた無機質な新興住宅地の、幅の狭い歩道だった。

「パパ、どうしたの？」

赤のハーフパンツに白いプリントTシャツ姿の奈菜が、先ほどから友達の話をしていても返事の一つもしない、上の空の父親に対して問い掛けた。

「えっ」

「さっきから、ナナが話し掛けてもぼーっとしたままでしょう？」

「そうだったかな」

二週間ほど前の暴力団員による立て籠もり事件のあとから、谷垣の胸中には強いしこりが残っている。

『――大丈夫、何の心配もねえって。あんただって、新聞くらいは読むだろう？　この国は、何だかんだ言っても、政治家と公務員の超優遇国家なんだよ』

谷垣の耳の中では、中田の、余裕に満ちた挑発的で不快な声が繰り返されていた。記憶の中には、濃紺の頭巾から覗く、人の情を宿すには余りにも細くて鋭く見える眼差しが焼きついている。

谷垣にしてみれば、あの事件は重大な過失であり、不祥事にほかならない。だが結局、その後の事態は中田が予測したようになった。谷垣が特殊部隊制圧第一班の班長の出過ぎた行動は問題だと訴えても、上層部は一切耳を貸さなかった。マスコミ発表でも、〝被疑者は暴力団の構成員で、内部のトラブルが事件に発展した〟と、反社会分子同士の事件だったことを強調した。その上で、人質を殺害した被疑者は逮捕の際に負傷したが〝命に別条はない〟と繰り返すだけで、損傷の度合いを報道から市民が知ることはなかった。

それからの谷垣は、ぬるい湯船に浸かり続けているようで、常に気分が悪かった。

そんな父親をよそに、奈菜は嬉しそうに他愛もないことを話し続けている。

数日後の午後、谷垣をはじめとした警視庁捜査一課の特殊班に籍を置く要員達が、完全武装で都内某所にある秘密の訓練施設に集結した。

この日は、特殊班最大の存在理由ともいえる任務、密室への強行突入と犯人逮捕の定期的な訓練が行われる。

先頭は、係長の谷垣が率いる第一係だった。

訓練施設内にあるビルの、一室のドアの両側に、要員達が中腰でスタンバイする。右側にいた要員の一人が勢いよくドアを開けると、反対側にいたもう一人が、室内へ特殊閃光弾(せんこうだん)であるスタングレネードを投げ入れた。

炸裂音とともに、中から閃光が漏れる。

「よし」

状況を確認し、待機していた谷垣がベレッタを構えて先頭に立ち、室内へ踏み込んでいく。

「警察だ。静粛にしなさい」

谷垣は叫びながら、前方の壁際の床に五体並べられた的つきのダミー人形のうち、真ん中の一体を目掛けて撃ち続けた。瞬く間にそれは裂け、内部の白い綿が飛散した。

続けて突入してきた要員達も、次々とダミー人形を撃ち始める。

谷垣は中田のことを思い出した。血なまぐさいアパートの部屋で、二人で対峙(たいじ)した時のことを。

（――本気であいつと戦って、勝てるだろうか）

谷垣は自問する。答えはノーだった。

警察学校時代、谷垣が必須の逮捕術のほかに選択した術科は剣道だった。一般的には、昔から剣道を習っている者以外は、より実戦的である柔道を選択する場合が多い。

しかし谷垣は、どちらもほぼ未経験だったにもかかわらず、剣道を選択した。精神的にも物質的にも潔癖症的傾向が強く、他者と間近で向き合ったり、直接触れ合ったりすることに大きな抵抗があったのだ。現在の特殊班の訓練は、剣道同様に分厚い各種のプロテクターで保護された状態で行われているので、ある意味快適といえた。谷垣は相手と直に触れあい、直接格闘することを何よりも嫌悪している。

（負けるわけにはいかない）

強く自分に言い聞かせながら、谷垣は一心不乱にベレッタを撃ち続ける。弾倉が空になってからも、射撃の姿勢を崩さなかった。

「係長、どうしたんですか？」

部下の一人に声を掛けられて、谷垣はようやく我に返った。

＊

小綺麗なオフィス然とした作りであっても、警視庁公安部内の空気はいつもどこか重苦しい。

ある日の午後、公安第一課の課長である三崎（みさき）警視正が、「ちょっと来てくれ」と捜査主任の五十嵐（いがらし）警部補をデスクに呼んだ。

「何でしょうか」

「実は、さっき警務部に呼ばれて、相談を受けたところだ。昨日、この文章が厚生労働省に届いたそうだ。消印は都内のもので、一般的なA4のコピー用紙にワープロソフトで印字されたものだったらしい。無論、これはコピーだが」

三崎課長は一枚のコピー用紙をデスクの上に置いた。

「拝見します」

五十嵐は手に取り、ざっと目を通す。

《闘争宣言書
我々は、もう限界だ。

山積する日本が抱える問題の中でも最大のものは、自明のことながら、各種の天下り法人を設立して存続させることを筆頭にした、官僚機構による構造的な多大な税金の食い潰しだ。そこには当然、内閣官房機密費や各省庁の民間企業との随意契約による、毎年ゆうに数十兆を超えると言われる、政治家や高級官僚とそのＯＢ達のための、闇のフリーマネー蓄財問題も含まれる。

　その問題の象徴であり、最大のガンでもある、厚生労働省を直ちに解体せよ。命を第一に考えずに、国内外の大手製薬会社と日本医師連盟の利益ばかりを追求し、全く効果のない、または対症療法に過ぎない治療法こそが唯一の救いであると、国民を洗脳し、依存させている。

　問題だらけの厚生労働省が直ちに解体されなければ、我々は、関連団体に勤務する人間を一人ずつ拉致し、殺害する。

もはやこの国の仕組みを変えるのに、方向転換のための舵取(かじと)りをためらっている時間的余裕はない。

　我々も、短い命を刻んでいる。日本刷新党》

　目を通し終えた五十嵐がデスクに戻すと、三崎が眼鏡越しの鋭い視線で下から見上げ、「で、どう思う」と尋ねた。

「まあ、恐らくは、いたずらでしょう」

「俺も、そう思う。だけど、厚生労働省の方は、やはり不安らしい。念のため、目ぼしいところをあたってみてくれないか？　向こうから直接相談を受けた警務部も、一応我々の調査を望んでいるようだ」

「分かりました」

五十嵐は、「《日本刷新党》なんて、何のひねりもない名称だな」と声にならない声でつぶやき、呆れながら自分の机へ戻った。

探りを入れる団体を整理するためにノートパソコンのファイルを開き、書類を手にしながら、五十嵐は考える。

そしてすぐに、

（大体、この国で、大規模なテロなんて起きるはずがない。せいぜいが、不審な爆発物だと煽（あお）った末の爆竹騒ぎがいいところだ）

と本音に到達した。

確かに、あの脅迫状が指摘している問題が重大な事実であることは、半ば当事者である公務員の自分を含め、国民のほぼ全員が認識しているだろうと五十嵐は思った。しかし五十嵐は、この国に生きる市民は、もはや全てを諦めていて牙を抜かれているのだと高をくくっている。

この国の会計システムは国家予算の中から、十二兆六千億円もの金が真っ先に差し引かれるようにできている。それらは、数多くの財団法人、社団法人、独立行政法人などを維持するための無駄金だ。そういった法人は、すでに割高な退職金を支給された高級官僚達に、さらなる高給と高額な退職金を支給するために存在している。超難関の国家試験を通過し、国のために激務を勤め上げた者に対する高額退職金は、一回で十分のはずだ。

五十嵐は、現代の日本で、義憤に駆られて大きな行動をする者など皆無なのだと確信している。ほかの先進国に比べて日本の警察は、人権はおろか市民の様々な活動の権利を軽視して抑圧しがちなのだが、今のマスコミや日本の社会の風潮はそんな警察を容認してくれている。なにせこの国の警察は、街頭演説中の首相に対して事実に基づく批判の言葉を投げかけただけで、発言者を現場から排除してしまうのだ。

首脳会談などの大イベントが開催されるエリアの周辺を見てもそうだ。たとえ事前にデモの届出をしていようが、その場の警察の指示に従っていようが、日本では〝公務執行妨害〟という名の一方的な権力の都合で、いつでも市民を不当に弾圧することができるのだ。

当局が過剰警護や過剰指導をせずに大目に見ているのは、高齢者や障がい者によるデモや、抗議活動だけだといえる。

五十嵐は、これから自分が向かおうとしている関係先をまとめながらも、

（絶対に、死者が出るような政治的テロなんて起こらない）

と、思っていた。

事実、五十嵐が目ぼしい過激派、政治団体、宗教団体などに探りを入れてみても、どこからも手応えはなく、殺気など微塵も感じられなかった。

＊

小さな交通事故の通報ばかり受けていた警視庁通信指令センターへ、緊急を要する事態の発生が告げられた。

『銃を持った男が、ビルの屋上でスーツ姿の男性を人質に取っている』

午後三時二十五分、通報してきたのは犯行に及んでいる男自身からだった。

係官達が、急いで位置情報を探る。すると発信源は、東日本橋にある基地局がカバーするエリアの中にあった。

所轄署である第一方面本部の久松署並びに、本庁の捜査一課と警備部に現場急行の指令が出された。

事件発生現場は、靖国通りからほど近い、両国郵便局の右隣にある雑居ビルだった。

情緒溢(あふ)れる浅草の町並みが近く、観光目的の年配の団体客や外国人達で賑わうこともある。

しかし、この日は閑散としていた。付近には規制線が張り巡らされ、久松署の機動捜査隊が辺りを包囲した。

規制線のすぐそばの歩道では、近くにあった新興宗教団体支部の五人の信者達が、白装束で手に数珠のようなものを持って立っている。

彼らは現場にいた警察官達の静止の要請も聞かずに、一人が外へ持ち出した小振りの和太鼓を一定のリズムで叩きながら、残りの四人が目を閉じたまま事件現場のビルの方を向き、両手を合わせながら何やら唱えはじめた。

「陀(ダ)ー、霊(レイ)ー、羅(ラ)ー、磨(マ)ー」

意味不明の念誦(ねんじゅ)と、どん、どん、と絶え間なく続く和太鼓の低音が、周囲に響き渡る。

その後、ぽつりぽつりと野次馬が集まり始めた現場に、特殊班と特殊部隊の六台からなる車列が到着した。

先頭の車両からは、谷垣を先頭にした特殊班第一係の面々が降り立った。続いて後方の車両からは、特殊部隊の面々が、川村を先頭にした指揮班の特殊部隊員達、中田を先頭にした制圧第一班、一分隊の順に、次々と降り立つ。

「特殊班係長でしょうか？　私は、所轄の大沢(おおさわ)です」

すぐに、ノーネクタイの久松署の刑事が谷垣の近くへ駆け寄ってくる。

「被疑者は日本刷新党の一員と名乗っているんだな。これまでの経緯を教えてくれ」

現場へ到着するまでに谷垣は、数日前に日本刷新党と名乗る者達から闘争宣言書なる脅迫状が厚生労働省へ届き、その内容が当局の解体を要求するものだったことを聞いていた。

谷垣の近くには防弾シールドを上げたままの川村と中田もやってきて、二人のやり取りに耳を傾けた。

「被疑者はスマートフォンを所持しているようで、人質を威嚇しながら、通報時と同じように時折こちらへ電話を掛けてきていました。しかし、今はつながっておりません」

「そうか。それで、何て言ってきた？」

「自分は日本刷新党の一員で、厚生労働省がどうのこうの、といった文言は当初のままなのですが、それ以外は興奮しているためによく聞き取れませんでした。なお、未だに被疑者の身元は特定できておりません」

「被疑者の現在の様子は？」

「我々久松署の方で捜査員を現場の両隣のビルの屋上に配置し、被疑者と人質の様子を観察させて、それを無線で逐一連絡させています。その内容によると、被疑者は両国郵便局のビルの方へ背を向けた姿勢で、相変わらず興奮気味で、何やら大声で叫びながら、猟銃かライフルのようなもので人質を威嚇しているそうです。幸いなことに、まだ人質には直接的な危害を加えていないようです」

報告を聞いていた川村が、一歩前へ踏み出して谷垣に進言する。

「特殊班係長。とりあえず、我々の狙撃支援班と技術支援班を、被疑者の背後にある両国郵便局のビルの屋上に展開させましょう」

「ああ、頼む。指令系統に混乱が起きないように、くれぐれも全隊員のインカムに不備がないようにしてくれ」

「了解」

川村が口元のインカムで指示を出した。

すぐに、後方にある二台の車両から、いくつかの機器を手にしたり、狙撃用のライフルであるH&K社のPSG1を肩に掛けたりしている特殊部隊員達が次々と駆け降りてきて、不自然にアーティスティックな外観を誇る両国郵便局の中へと消えていった。

周囲には、相変わらず「陀ー、霊ー、羅ー、磨ー」といった、意味不明の念誦らしき声が響いている。

中田が信者達の方を振り返りながら、

「何だあれ。まさか、俺達の無事を祈ってくれているわけじゃねえよなあ」

と笑いながら口にしたが、誰も何も答えなかった。

谷垣と大沢が話を再開する。

「それで、人質の身元は判明しているのか？」

「はい。複数の目撃者達の話から、ここから五百メートルほど北西の方向に位置するビルに入居している、《財団法人ヘルシーライフセンター》に勤務する職員、《近藤英輔(こんどうえいすけ)、六十歳。男性》と判明しました。先方への確認も済んでいます」

「やはり、厚生労働省の関連団体の職員か」と、谷垣は小さく溜息(ためいき)をついた。

当法人の主な業務を問われれば、職員達は、

「年代ごとに区分けした、理想的な食生活と適度な運動とのバランスを示したパンフレットを、年数回発行することです」

と胸を張って答えるだろう。

しかし現実は、そんな緩慢な唯一の業務でさえも、実際にその内容を企画し編集しているのは、当法人の傘下にある、また別の天下り法人だった。このような実際の業務を伴わない法人にも、年間数億円の予算がついている。社団法人、財団法人、独立行政法人などといった細かい法的区分を越えた数多くの天下り法人が、この国のやせ細り続ける財政を食い潰している。

「財団関係者によりますと、人質は、小休止の時間に買い物に外へ出掛けた時、拉致された模様です。そのまま銃を突きつけられて、あのビルの屋上へ連れていかれたのでしょう。被疑者は、途中で人質を屈服させるために、もしかしたら発砲しているかも知れません。近隣住民の中には、銃声らしき大きな音を聞いたと言う者もいます」

さらに、目撃者達の話をまとめた大沢による説明が続いた。薬莢や弾丸はまだ発見されていない。また、被疑者はライフルか猟銃のような銃身の長い銃を青色のPVC製の釣竿ケースに入れて肩に掛けていたために、途中で職質などされずに済んだのだろうと思われた。被疑者が釣竿ケースを肩に掛けて歩いている様子を複数の目撃者達が証言している。実際、付近の歩道に捨てられていたケースは回収済みだった。

「よし。それでは、今から我々特殊班が被疑者のいるビルの屋上へ向かい、説得を試みる」

谷垣は防弾シールドを下げ、ベレッタの弾倉を確認する。後ろにいた第一係の面々も、同じく防弾シールドを下げ、現場へ向かう態勢をとった。

「じゃあ、係長。我々制圧第一班も、背後からおともしますよ」

「くれぐれも、私の指示に従うように」

うすら笑いを浮かべながら話す中田に、谷垣が不快感を押し殺しながら告げる。

「了解」

中田は防弾シールドを下げ、MP5を右脇に抱えた。後ろに立っている、制圧第一班、一分隊の残りの三名も態勢を整える。

谷垣を先頭に、特殊班の面々が雑居ビルの中へ入っていった。

中田を先頭にした特殊部隊の四人もそのあとに続こうとした時、簡易テーブルの上に置かれた通信機器の前で仁王立ちしていた川村が、中田に肉声で声を掛けた。

「制圧第一班班長、頼んだぞ」

川村の声は、未だ周囲に響いている「陀ー、霊ー」といった新興宗教の信者達の念誦を一瞬かき消すほどの、大きな重低音だった。

先頭の中田は、中腰のまま一瞬だけ振り返り、無言で頷いてみせる。

特殊部隊員達は、大分離れたところから、先にビルの中に入っていった特殊班の要員達よりも数段入念なバリケイドテクニックを用い、近くの駐車場のコンクリート塀や郵便ポストなどに体を小さくして隠しながら進んでいき、ビルの中へと消えていった。

事件現場である屋上、約二十メートル四方の空間に辿(たど)り着いた谷垣が目にした被疑者の印象は、予想していたものとは大分かけ離れている。通信指令センターの係官や、目撃者達の話では、被疑者は若い男と言われていた。

しかし、谷垣が遠目から確認したところ、ライフルのようなものを人質の頭に上から向けているのは、若い男というよりは明らかに少年だった。

特殊班第一係の五人は、三人が谷垣を中心に横一列になり、残りの二人がそれぞれ両端の斜め後方から援護をするという、基本フォーメーションの態勢になっている。それぞれがベレッタを前方へ構え、被疑者の方へにじり寄っていった。

「来るなー。来るんじゃなーい。来たら、こいつをぶっ殺すぞ」

興奮して涙目になっている、ジーンズに茶色の薄いナイロンパーカー姿の少年が、ヒステリックに叫んだ。

少年は、百六十センチ前後の小柄で、非常にやせている。瞳が大きく、ハーフのように彫りが深かった。興奮状態で涙を流しているので、銃を手にして人質を取っている凶悪犯なのに、その様子は痛々しい。

「君、落ち着きなさい。まずは、銃を下ろして人質を解放しなさい」

谷垣が、力強く、だがどこか愛情の籠もった声で告げた時、特殊部隊の面々も屋上に到着した。

特殊班の面々が立ったまま被疑者ににじり寄ろうとしたのに対し、制圧第一班の特殊部隊員達は、二人ずつ二手に分かれ、谷垣達の後方にある柵際のコンクリートに並んで伏せた。

中田は、被疑者の少年から見た右側の、柵のすぐ近くで腹這いになっている。

「厚生労働省のやつらはどうした？　いつになったらあそこは解体されるんだ？」

涙声で、少年が叫んで尋ねた。

「早く助けてくれ」と、同じく涙声で人質の近藤が口にした。

〈なあ、係長。あのガキは、一体何を言っているんだ？〉

中田がインカムで問い掛けてきたが、谷垣は無視する。

「おい、君。何があったか知らないが、君はまだまだ若い。こんな騒ぎを起こしたとしても、反省すれば十分にやり直せる。冷静になって、とりあえず銃を下ろしなさい」

ベレッタを構えたまま、再び谷垣が声を上げた。

「もう、僕は終わりだ。厚生労働省のやつら、僕達の苦しみをどこまでも無視しやがって」

「いや、君はまだ終わりなんかじゃないぞ。色んな可能性を秘めている」

金切り声で泣き叫ぶ少年を相手に、谷垣は説得を続ける。

「一体君は、君達は、何に対して怒っているんだ？　厚生労働省が君達に何をしたんだ？」

「あいつらは、僕達の苦しみを分かっていて、あえて問題を先送りにしやがるんだ」

「なあ。一体、君達日本刷新党とは何者なんだ？　どんな組織なんだ？」

「があー」

矢継ぎ早の谷垣の質問に少年は激昂し、背を向けてひざまずいたまま身を縮める近藤の頭頂部に、銃口を一段と強く突きつける。

近藤は「こ、殺さないで」と、土下座をするように額を地面に押しつけたまま泣き崩れた。

「やめなさい。銃を下ろすんだ。とにかく、何か本当に問題があるのなら、きちんと我々に話してくれ。そうすれば、我々警察がきちんと捜査して、摘発する」

相変わらず、寛大な父親や教師のような態度を取り続ける谷垣に対して、少年は突然笑い出す。

「ケイサツ、ケイサツって、あんた、さっきから何言ってるの？　そんなの、一番信用できねえじゃん。いばり散らして町を歩いて、その場の気分でしょぼいやつらを逮捕したり、自分達がやりやすい、どうでもいいような事件ばかりを捜査したりしてるだけじゃねえかよ」

被疑者の少年が怒鳴ると、中田が谷垣のインカムに、

〈係長。このガキ、我々にとって痛いところを突いてくるねえ〉

とふざけた口調で話し掛けてきた。

「我々は、どんな悪も決して見逃さない」

「じゃあ何で、俺の知り合いのばあちゃんも引っ掛けられた、町中の至るところで開催されている年寄り向けの催眠商法イベントが一向になくならないんだよ。何でネット上は詐欺サイトばかりなんだよ。何で相手の女が訴えないからって、極悪非道なエロ動画が滅茶苦茶流通しているんだよ」

少年が悲痛な声で叫んだ。

〈おー、さすが若者。青いねー。なあ、係長。このボクちゃんに、教えてやれよ。世の中っていうのはさー、日本でも、世界でも、たった今この瞬間にも、おかしくなったり、自殺したり、殺されたり、レイプされたり、リンチされたりしているやつらがごまんといるんだってな〉

笑いながら、中田がインカムで語り掛けてくる。

必死に集中力を高めている谷垣は、何とか無視した。

「とにかく、早く銃を下ろすんだ」

叫びながら谷垣は、すり足で細かく歩を進め、相手との距離を詰めていく。

「もう、うんざりだー」

少年が引き金に手を掛けた。

中田がインカムで谷垣に、それまでとは違った真剣な口調で、

〈まずいぞ〉

と告げる。

その直後、爆音が響き渡った。

発砲の反動で少年はのけぞり、二、三歩後退したが、すぐにまた銃を構えて体勢を整えた。

近藤は、「足がー」と叫びながら、撃たれた右の太股を両手で押さえて身悶えている。

少年は、「やった、やったぞ」と勝ち誇ったように高らかに声を上げた。そして、再び人質の方へ銃を向けながら谷垣の方を向く。

「早く、今すぐに厚生労働省を解体してよ」

どうすべきか谷垣が躊躇していると、中田が真剣な口調でインカムに語り掛けてきた。

〈まずは、頭や急所に当たらないでよかったな。でも、残念だが、もう駄目だ。交渉と説得は終わりだ。あのガキは、興奮して、ぶっ飛んじまってる。ここからは、俺達でやる。こちら、制圧第一班班長。狙撃支援班、応答せよ〉

中田のこれまでとは一変した冷静な口調での宣言に驚いた谷垣は、ベレッタの銃口と視線を少年に向けたまま、インカムに向かって慌てて怒鳴った。

〈おい、待て。指揮をとっているのは私だぞ〉

〈ああ、今まではな。しかしもう、特殊班による説得と交渉は終わりだ。人質が撃たれたんだ。もしも次撃たれれば、命が危ない。ここからは、我々特殊部隊で犯人を制圧する〉

〈制圧だと。何をする気だ？〉

返答はない。

中田はインカムで、自分達の向こう正面、少年の背後に位置する両国郵便局の屋上で待機している狙撃支援班に指示を出し始めた。

〈こちら、P班班長。S班の諸君、聞こえるな？〉

〈こちら、S班班長です〉

〈よし。作戦を遂行してくれ。繰り返す。作戦を遂行してくれ〉

〈了解〉

〈もうすでに、人質が一回撃たれた。正面から狙撃しようとすると、被疑者が気配を察してさらに興奮する可能性がある。よって、被疑者の背後に待機している君達S班が作戦を遂行してくれ。何よりも我々が優先するべきは人質の命であり、早期の事態終結だ〉

〈了解。作戦を遂行します〉

こらえきれなくなった谷垣が、左斜め後方に首だけで振り返り、

「制圧第一班班長。よせ。勝手な指示を出すんじゃない。私の指示に従うんだ」

と、インカムで狙撃支援班に指示を出している中田を怒鳴りつける。

中田は返事をしなかった。

複数のPSG1の狙撃スコープが、隣のビルから少年に照準を合わせ、きらめいている。

「おい、まさか。よせ。よく見ろ。被疑者は少年だ。まだ子供だぞ」

焦った谷垣は、再び首だけを左斜め後方へ振り、自分の声で怒鳴った。

警察の特殊部隊が犯人を狙撃する場合、決して単独では行わない。万が一問題が発生した場合、特定個人の責任にしないためだ。そのやり口は、三人の刑務官にダミーを含めた三つの死刑執行ボタンを同時に押させる手口に似ている。

〈前方の特殊班諸君。全員伏せろ。繰り返す。全員伏せろ〉

中田がインカムで怒鳴った。

谷垣の両脇と左右斜め後方にいた特殊班の要員達が、腹這いになった。

しかし、谷垣だけは相変わらず立ったままで、首だけで左斜め後方を振り返りながら、

「撃たせるな。中止しろ」

とベレッタを少年に向けたまま叫んでいる。

前方の少年が泣きながら、「僕は、陰険で意地悪な、こんな国に生まれたくなかった。人間なんかに生まれたくなかった」と絶叫した。

その一瞬、鋭い轟音が二回響き渡った。

二発の銃弾が、それぞれ少年の両方の肩甲骨の内側から入り、交差する軌道で薄過ぎる胸板を貫き、前方へと突き抜けていく。

「やめろ」

谷垣が絶叫した。

少年は目を見開いたまま、声も上げずに前方へ倒れ込んだ。

凍てついた静寂の中、微かな太鼓の音と念誦だけが響いている。

呆然と立ち尽くす谷垣を尻目に、今まで伏せていた特殊班の要員達が、倒れたままの少年のもとへと駆け寄っていった。

「係長。脈はありません。被疑者死亡です」

片膝をつき、少年の首の辺りと右手首を探った一人の要員が、谷垣の方へ振り返って報告した。

後方で腹這いになっている特殊部隊員達も立ち上がり、息絶えた少年の近くへ駆け寄っていく。

しかし、中田一人だけは、「あー、終わった」と小さくあくびをしながらつぶやくと、だらだらとした足取りで前方へ歩いていった。

「よかった。本当によかった」

パニックに陥っているように見える近藤は、これまでの緊張も重なったのか、恐怖で小刻みに体を震わせた。近くにいた特殊班の要員の左足に両手で抱きつきながら、「本当によかった」と改めて口にする。下のコンクリートは失禁によって黒く湿っている。

抱きつかれた特殊班の要員は、しゃがみ込んでその肩に手を置き、「大丈夫ですよ」と優しく語りかける。タクティカルベストの内側から布片と止血帯を取り出すと、傷口に応急手当を施した。

その後、人質だった近藤は、すでに到着している簡易担架に乗せられた。

ビニールシートで全身を覆われつつあった少年の遺体を見下ろしながら、中田がインカムで報告を繰り返している。

〈繰り返す。こちら、制圧第一班班長。人質は負傷したが、命に別条はなし。なお、被疑者の少年は興奮して錯乱し、人質に発砲したため、狙撃支援班の作戦遂行により死亡。繰り返す――〉

手際よく事後処理がとり行われていた現場で、しばらくの間一人で呆然と立ち尽くしたままの谷垣だったが、防弾シールドを上げ、ベレッタをホルスターにしまうと、前方で報告をしている中田の背後に近づいていった。

谷垣は相手の右肩を左手で軽く叩いた。

防弾シールドを上げている、弛緩した表情の中田が振り向く。

谷垣は、容赦なく右の拳を振り下ろした。全体重と怒りを乗せて——

間違いなく相手はその場に倒れ、甚大なダメージを負うことになるだろうと、谷垣は思った。特殊プロテクターでの強烈な突きをむき出しの顔面にまともに受けたならば、その威力と地面に倒れた衝撃とで、もしかしたら失神してしまうかも知れないとも予測した。当然、何らかの処罰は覚悟の上だった。

しかし、その拳を上手(うま)い具合に特殊ヘルメットの上部で受け止めた中田は、素早く右膝をつき、背中にあったMP5を前方へ回して谷垣に向けた。

出鼻をくじかれた谷垣は、一瞬、啞然(あぜん)とする。それでも、すぐに相手に対する激しい怒りが蘇(よみがえ)った。

すでに中田の方は、MP5を下ろして立ち上がっている。

「何だ、またあんたかよ。一体、何なんだ？　何で、そう俺に突っ掛かってくるんだ？」

　谷垣は、相手の首の下から覗いている濃紺のアサルトスーツを右手でつかんで顔を引き寄せ、にらみつけた。

「なぜ撃たせた？　なぜ、狙撃の命令を勝手に出した？　相手は子供だったんだぞ」

「あのガキが興奮しちまって、先に人質を撃っちまったからだよ。あのままだと、人質の命が危なかった。我々の最優先事項は、犯人の制圧と人質の救出だ。この前と同じだよ。犯人が子供かどうかなんてことは、こっちには関係がない」

「違う。まだあの少年を説得し、自主的に投降させるチャンスは十分にあった。それに、狙撃するにしても、なぜ殺したんだ。どうして殺す必要があるんだ」

「そりゃあ、当たりどころが悪かったんだな」

　まるでひとごとのように気の抜けた返事をする相手に対し、谷垣は般若の如き形相で怒声を上げた。

「おい。我々の金科玉条である《警察二条》を、今ここで言ってみろ」

　警察二条とは、警察法第二条の中に記されている警察の責務であり、国民主権下における国家及び地方公務員である警察官の活動の根幹をなす服務規定だ。一項では基本的な責務を記していて、二項では〝警察の活動は、厳格に前項の責務の範囲に限られるべきものであつて、その責務の遂行に当つては、不偏不党且つ公平中正を旨とし、いやしくも日本国憲法の保障する個人の権利及び自由の干渉にわたる等その権限を濫用することがあってはならない〟と、厳しく彼らの活動と意識を戒めている。

この警察二条こそが、曲がりなりにも民主主義の日本において、警察の拠りどころなのだ。だからこそ、警察学校に入学した生徒達はみな、この警察二条の全文を徹底的に暗記させられる。

谷垣は、中田が、あまりにも被疑者の人命と人権を軽視し、自分達の存在と権限とを肥大化し、拡大解釈していると感じていた。

しかし当の中田は、そんな谷垣の真摯な問いをせせら笑っている。

「警察二条？　二条って確か、警察学校に入ってから、憲法の次に、何度も何度も暗唱させられるアレのことだろう？　そんなもの、もうとっくに忘れちまったよ」

投げやりな答えを聞いて激昂した谷垣は、残った左手も中田の首に掛け、両手で締め上げた。

「二条の精神を捨てたと言うのか」

「ああ、そうだ。俺は、とっくに警察二条なんて捨ててるんだよ。て言うか、端からそんなもん意識してねえって言った方が正しいかな」

その時、一人の特殊部隊員が二人の間に割って入ってきて、谷垣の両手を中田から離そうとした。

「特殊班係長。どうかやめてください。我々の班長が自制心を失ってしまったら、銃を使わなければならなくなります」

「係長。どうか抑えて下さい」

特殊班の二人の要員もやってきて、谷垣の後ろから腰に手を回し、中田から引き離そうとする。

しかし谷垣は、相手の首元をつかんだままだった。

事後処理に追われている屋上に再び緊張が走り、全員の視線が谷垣と中田の方に集中した。

「おい、お前ら。心配するな。俺が、こんな事でキレたりするわけがねえだろう」

中田は、緊張した面持ちの部下達に笑いながら告げると、興奮した谷垣の顔を鋭く見上げる。

「なあ、係長。はっきり言えば、俺の決断よりも、事件現場でのあんたの説得方法の方が問題じゃねえのか？」

「我々の警察二条も、愛情や正義も信じないなら、なぜお前は警察に入った？　何を拠りどころに日々の訓練と活動をしているんだ？　何を心の拠りどころにして生きているって言うんだ？」

「俺が、何で警察に入ったのかって？　それは単に、合法的に暴れられて、発散できると思ったからだよ。それに、あのおかしくなっちまったガキが言ったように、陰険で意地悪なこの国には、ほかに居場所もなかったしな」

真意を探るべく、谷垣はじっと中田の両目を見据えた。

「俺が、何を拠りどころに、訓練したり活動したり、生きているかだって？　係長。俺は、ヘミングウェイの登場人物と同じなんだよ。希望も思想も宗教も何もねえけど、くたばるのはしゃくだから、ただタフに、仕方なく毎日を生き抜いているだけだよ」

中田は、首元をつかんでいる谷垣の右手を、自分の右手でつかんだ。

「あんたは、自分の理想や考えに凝り固まって、熱くなりすぎるタイプだな。あんたみたいなタイプは、当然、家族持ちだろう？　きっとよう、子供がこの世で何よりも大切と考えて、子供と一緒だと、道端や行楽地で周囲を全く気にせずに平気で大はしゃぎするタイプなんだろう？　まるで、子供連れやファミリーなら全てのことに免罪符があるように、周りのことは一切気にしねえでよう。あんたは多分、狭い歩道を、騒ぎながら我が物顔で、家族で占領して歩くタイプだな」

谷垣の表情が徐々に曇っていく。

「うっ」

話しながら中田は、絶妙に自分の右手の三本の指を谷垣の右手の人差し指に絡めて、ひねっていた。互いに特殊プロテクターとグローブを装着していても有効な、特殊部隊の秘技の一つだった。

「へえ。係長、案外根性あるんだなあ。あと少しで、あんたの指は完全に折れそうなのに」

谷垣は必死に痛みをこらえながら、両目を見開いて相手をにらみ続け、未だにその右手で相手の首をつかんでいる。

そんな谷垣に対して中田は、唇の両端をつり上げてみせた。

「やめろ」

分厚い人影が現れて、中田の右腕をつかんだ。下で指示を出していた川村だった。

「制圧第一班班長。今すぐにその手を放せ」

川村が、濃紺の頭巾から覗く力強い大きな瞳で見下ろすように中田をにらみ、静かに命令する。

中田は、短く鼻息を吐き、相手の右手を振りほどいた。

「特殊班係長。私の部下が失礼しました。しかし、制圧第一班班長の、あの状況下での命令は、決して間違いだったとは言えないはずです。もちろん、最善だったとも言いがたいですが」

「指揮班班長。君も、そういった残酷な考え方をするのか？　特殊部隊は、人質の命さえ無事ならば、被疑者はどう制圧しても構わないと言うのか？」

「そうは言いません。しかし、仕方がないことも多いのです。我々が出動する先は、全てが特殊事件と凶悪事件です。どうしても、一筋縄では行かないのです」

川村を先頭にした特殊部隊の一団が階段の方へ引き上げていく。

谷垣は、未だに激痛の走る右手を押さえ、肩で息をしながら彼らの後ろ姿を見つめた。

＊

特殊部隊によって射殺された少年の遺体は、速やかに司法解剖に回された。手にしていた銃も、同様に鑑定に出された。

両手の指紋及び掌紋は、エーフィス（AFIS Automated Fingerprint Identification System・自動指紋識別システム）に、また、いくつかの生体組織はコーディス（CODIS Combined DNA Index System・複合ＤＮＡ索引システム）に回されて検索されたが、身元の特定につながる手掛かりはなかった。歯の治療痕も一切見られず、その線からも身元の割り出しは不可能だった。

少年が、自らの犯行を通報してきた際に使用したスマートフォンだが、三日前に都内の女子大生が紛失したものだった。

なお、少年が所持していた銃は、ドイツ製のファインベルクバウ６０３だった。ターゲット射撃によく使われる人気のエアライフルだ。警視庁は、同型モデルの登録銃の保管場所確認を、各都道府県本部を通じて密かに全国の所轄署へ通達した。

そして、司法解剖及び、科捜研と科警研による化学鑑定の結果、少年の遺体からは、多量の薬品成分が検出された。

一つは、臨床に処方できる唯一の覚醒剤とも言われている、《リタリン》という薬のメチルフェニデートという成分だった。これは、日本では一万人に対して十五人程度しか患者が存在しない、居眠り病とも言われるナルコレプシーの治療に用いられている精神刺激剤だ。そしてもう一つは、第三世代の抗うつ薬である《ＳＳＲＩ》の成分だった。

加えて不可解なことに、少年の全身にはひどい擦過傷のような症状が見受けられた。これは特定の病気による症状なのか、あるいは本当に外部からの刺激によるものなのか、現時点ではっきりと断定することは不可能とされた。

少年の司法解剖の結果が出た翌日に、厚生労働省へ再び日本刷新党と名乗る組織から新たな脅迫状が届いた。消印は埼玉県内のものだった。

《我々の真摯な要求を受け入れなければ、再び惨事が起こる。

繰り返す。問題だらけの厚生労働省を直ちに解体せよ。

この国のシステムを変換するのに、もはや猶予はない。

我々も、短い命を刻んでいる。日本刷新党》

それはすぐに鑑識へ回されたが、最初の闘争宣言書と同様に、直接犯人へとつながる有力な情報は一切得られなかった。

死亡した身元不明の少年を含む日本刷新党が、どのような組織で、なぜ厚生労働省を標的にしているのかという重大な疑問点は依然として残された。

さらに、送られてきた二通の脅迫状の最後に書かれている〝我々も、短い命を刻んでいる〟という一文の意味するところも、未だ謎のままだった。

第二章　見捨てられた祈り

身元不明の少年による、厚生労働省の関連団体職員に対する拉致立て籠もり事件の発生を受け、警視庁は、事件発生現場を管轄する、久松署の大会議室に捜査本部を設置した。

第二の脅迫状が送られてきたことから、今後も日本刷新党による類似事件の発生が推測され、事件が大きく展開する可能性があったため、捜査本部は総勢百名に迫る規模となった。入り口には細長く縦に連ねられた半紙が貼られ、墨の肉筆で《厚生労働省並びに関連団体職員に対する拉致立て籠もりテロ事件　捜査本部》と力強く書かれている。警視庁の捜査一課からは、谷垣を筆頭とした特殊班第一係の要員達と、ほかの捜査員達も派遣された。

なお、警視庁内部でも、今回の事件の特殊性と重大性を考慮し、同事件に対する〝特別対策本部〟が設置された。こちらは、主に本庁の高官、捜査幹部、特殊班の要員達や特殊部隊員達、各専門部署の責任者達などで構成されている。

一見すると二重統制のような感じも受けるが、今回のように、非常に重大で、解決が困難だと予測される事件の場合、仕方がないことだった。

表向きは、事件が発生した地域の所轄署である久松署に設置された捜査本部が指揮をとることになっている。しかし、今回のように重大事件の場合、発生した地域の都道府県警察本部内に、特別対策本部という部署が設置されることがある。そこでも捜査本部と並行して事件の分析が執り行われ、新たな情報や証拠を得た場合は捜査本部へ捜査の方向性を示すのだ。

心地よい気候に恵まれた日本橋周辺は普段よりも人出が多い。ラフな格好でリュックサックを背負い、ガイドマップやスマートフォンを手にした外国人達の姿が目に付く。

世間では休日となる五月十日、谷垣は午前中に久松署で開かれた初の捜査会議を終えた。

先ほどまでの捜査会議では、久松署の署長である瀬山和幸（せやまかずゆき）警視正によって、これまでの事件の経緯が一通り説明された。

最後に瀬山は「被疑者の少年が死亡したことは誠に遺憾である」という形式的な前置きをしてから、「我々は、何としてもこのような卑劣な事件を防ぎ、全容を早急に解明しなければならない」と宣言した。

その後、谷垣達特殊班のメンバーは、特別対策本部のブリーフィングに出席するために警視庁へと踵を返した。

当初警視庁では、実銃を用いたテロ事件の発生ということで、世間や報道機関の反応は相当大きなものになるだろうといった予測があった。しかも、犯人は少年で、警察によって射殺されたのだ。

しかし、直後の反響は大きなものではなかった。

理由の一つには、現在の世相が影響している。延々と続くデフレの中、未だに深刻な不況が回復する見込みがなく、規模を問わずに企業の破産整理や事業規模の縮小が次々と発表され続けたため、人々が一番関心を持っているのは自分達の生活と雇用、財布の中身だった。

また、ここ最近起こった事件の中に、戦後最大規模の連続無差別殺傷通り魔事件があったことも、このテロ事件が当初それほど世間の関心を引かなかった理由だった。

通り魔事件は、少年による立て籠もり事件の二週間ほど前に、二十代の青年がビジネス街を車で暴走して次々と通行人達をはね、降車してからも軍用ナイフで手当たり次第に人々を刺し続けていったもので、死傷者の数は十数人にのぼる。

警察当局は、史上最悪の通り魔事件の対応に労力を注いでいて、余裕がなかった。

そのため、今回のテロ事件に対する、報道機関の第一段階での追及がそれほど厳しくなかったことを幸いだと捉えた。そして、可能な限り早急に、被疑者の少年を射殺したことを正当化する完璧なロジックを用意することにした。そう遠からぬ時期に、国民と報道機関が、事件の重大性に気がつくことは間違いないと思われたからだ。

警視庁へ戻った谷垣達は、《厚生労働省並びに関連団体職員に対する拉致立て籠もりテロ事件　特別対策本部》と大きく印刷された紙が二箇所の出入り口ドアに貼られた大部屋へ入った。

会議開始までにはまだ時間があった。室内には、谷垣達と同じスーツ姿の捜査一課の面々や、制服姿の特殊部隊員達が集結しつつあった。

「谷垣さん」

前方の席へ着こうとした時、声を掛けられる。

「秋吉(あきよし)か。久し振りだな」

警務部の秋吉宏(ひろし)だった。谷垣と同じ大学出身の、二歳年下の警部補だ。監察官室の所属で、谷垣が、警察組織の改革案や、表立って知られていない内部の不祥事などを自発的に提出したり報告したりするたびに快く対応してくれる、気心が知れた間柄だった。

秋吉は、身長は谷垣よりも頭一つ分以上低かったが、柔道で鍛えられた筋肉質な体をしている。

「警務部の人間も呼ばれたのか？」

「ええ。重大な事件なので、最初だけはということでしょう」

「そうか」

「じゃあ、また」

秋吉は所定の席へと歩いていった。

室内の左前方には大型の薄型テレビが置かれており、昼のニュースが流されている。その中では、史上最悪の通り魔事件について、これまでの経過を伝えている。

谷垣が両腕を組みながら前方のテレビに集中していると、不意に右肩を叩かれた。

「よう、王子。じゃ、まずいか。特殊犯捜査第一係、係長」

右側の最前列にある長テーブルの、左端の椅子に腰を下ろしている谷垣の右側に、いつの間にか、気配を消して回り込んできた制服姿の中田が立っている。

制帽を被っていなかった中田は、馴れ馴れしい笑顔を浮かべ、谷垣の右隣に腰を下ろした。

「今日は会議なんだ。こんな場所でまで、俺に突っかかってくるのは勘弁して下さいよ」

中田は、いつもの不気味な笑顔を浮かべると、軽口を叩いた。

「君達の席は、後ろだろう」

特殊部隊員達の指定席は左後方だった。

「もちろん、会議が始まれば、俺はすぐに向こうへ行きますよ。それまでは、仲良くおしゃべりでもしていましょうよ」

不快感を噛み潰し、谷垣は再び左前方のテレビへ視線を向ける。

『どんな理由があっても、このような事件を起こすことは許されません』

テレビの中では、司会者と一言居士（いちげんこじ）のコメンテーターがともに無差別通り魔事件の感想を述べている。

「こっちの事件もやりきれないな」

画面を眺めている谷垣が弱々しくつぶやいた。

すると、中田が「マジで？」と小さく笑った。

「あんなわざとらしいフレーズは、別にいらねえんじゃねえの」

谷垣は押し黙ったまま、嫌悪感丸出しの表情で中田を見つめる。

「あーあ、哀れだよなあ。俺達と違って、単なる一般人は。無力な、馬鹿な一市民が暴れれば、間違いなく俺達のような権力に拘束されて、どうせそのあとは、〝とにかく殺せ、極刑だ〟っていう、単純なベクトルに合わせられちまうんだからなあ」

谷垣は不快感を抱いたまま、仕方なく中田の話を聞き続けている。

「悲惨な事件が起こった時に、考えたり論じたりするべきことはさあ、ありふれたフレーズで楽に総括してやり過ごすんじゃなくて、どうすれば加害者のような最悪な心理状態の人間を生まないようにすることができるか、なんじゃねえのか。俺だって、もし警察に就職できていなかったら、全く同じ事件を起こしていたかも。いや多分、絶対俺もああいう風になっていたな」

無差別通り魔事件を起こすのは、十代から三十代の若年層ばかりでなく、七十代の女もいる。

彼らの多くは、逮捕直後の取り調べの段階で、

「自分は悪いことをしたとは思っていない」

と自らの心境を述べている。

ある程度要領がよく、上手く生きられる者達にとっては快楽的なこの社会は、そうでない者達にとっては、あらゆる欲求不満に苛まれる針の筵に等しい。彼らはみな、生きにくい日常に身悶えし、本心では、社会から疎外され、馬鹿にされ、自分ばかりが割を食わされていると憤っている。彼らはみな、未来が見えない現状と自らの不運に対して、社会的生命と引き換えに本気で復讐や攻撃を仕掛けるのだ。

「俺はさあ、こういう通り魔事件が起こるたびにさあ、腹の中で〝やったぜ〟って叫

んでるんだ。〝ざまあみろ〟って感じでな」

「不謹慎なことは言うんじゃない」

谷垣が相手をにらみつけ、怒りをこめて言った。

「なあ。あんたが本気で、今の俺の言葉を不謹慎だと思うんなら、それは係長、あんたが幸せだからだよ。ある程度、何でも自分の思い通りに、スムーズに人生が運んでいる証拠だ。俺のように、生まれながらツイていなくて、チビで醜くて、無能で要領悪くて、金もなくて、人嫌いの人間にしてみれば、この世はがんじがらめで、意地悪で、すげえ生きにくいんだよ」

中田が自嘲気味に微笑みを浮かべる。

「まあでも、今の俺は、この身分のおかげで合法的に暴れられるから、随分とラッキーな立場になれた。ストレスの発散ができる上に、金ももらえるからな。とにかく、あんたには分からないかも知れないけどよう、この国は、無力な庶民にとっては辛い国で、生きているだけで劣等感に苛まれるんだよ。この国はさあ、毎年二万人以上が自殺してるんだぜ」

谷垣は何か言い返そうとしたが、挑発的な笑みを浮かべながら投げやりに喋り続ける、中田の話に反論できなかった。

もうすでに、室内は出席者達で埋まりつつあった。

少しすると、前方の入り口から三人の制服姿の幹部達が入ってきた。向かって一番左側の男が、傍らにあったリモコンでテレビのスイッチを切る。

三人の幹部が、前方に用意されていた椅子に着席した。

中田が「じゃあな」と言い残し、特殊部隊員達の指定席へと戻っていく。

室内は痛いほどの静寂に包まれた。

「只今より、厚生労働省並びに関連団体職員に対する拉致立て籠もりテロ事件、特別対策会議を開始する」

壇上に立った、特別対策本部の本部長を務める、捜査一課特殊犯捜査係、専任管理官である高田警視がマイクで宣言した。

「まずは、事件の経緯を説明する」

高田管理官は、日本刷新党と名乗る組織から、厚生労働省へ脅迫状が送付されてきたところから説明を始めた。

脅迫状が入れられた封筒からは複数の指紋が採取できたが、いずれもエーフィスにあるデータとは一致しなかった。よって、それらの中に犯行に関係している者達のものがあっても、彼らは初犯である可能性が高かった。また、いくつかの関係のないものが混じっていた場合、郵便局員達が仕分け作業などの際に手袋をしなかったために付着したものや、厚生労働省職員のものだろうと断定された。

　脅迫状の本文が印字されていたA4のコピー用紙からも少数の指紋が採取されたが、エーフィスに登録されたものと一致するものは皆無だった。

　次に高田管理官は、事件の疑問点と解明の鍵となるポイントを述べた。

「現時点で不明なことは、日本刷新党と名乗る組織の詳細、及び、彼らが厚生労働省の解体を要求し、実際に関連団体の職員を人質に取る暴挙に出た理由だ。果たして、本当に闘争宣言書なる文章に明記されていた通りの、日本社会のシステムに対する強い不満、並びに、その転換のきっかけとするための義憤に駆られた行動なのか。あるいは、ほかに何か、本当の隠された動機や目的があるのか。これらについて未だに不明であり、我々はその点を一丸となって早急に解明しなければならない」

　しきりにペンを走らせてメモを取っている音が聞こえるだけで、相変わらず室内は緊張感溢れる静けさに包まれている。

「死亡した被疑者の少年の身元も、今もって不明のままである。しかし、司法解剖、科捜研と科警研による化学鑑定の結果、興味深い事実が判明した」

　高田管理官がマイクで告げると、説明を聞いている者達の前方を見つめる視線に自然と力が入った。

「被疑者である身元不明の少年の体内からは、複数の残留薬品が検出された。その中には、看過できない二つの成分が多量にあった。一つは――」

谷垣は険しい表情で説明に聞き入っている。

一方の中田は、高田管理官の説明の間も、両腕を組み、目を閉じていた。

「さらに、我々が留意しなければならないポイントは、あと二点ある。一つは、被疑者である身元不明の少年が所持していた銃についてである。少年が所持していた銃は、ドイツ製のファインベルクバウ603――」

銃の説明になると、中田が一瞬右目を開けて、「オリンピック選手がよく使う銃だな」とつぶやいた。

「そして、最後のポイントは、厚生労働省へ送付された闘争宣言書の中の最後の一文にある。そこには〝我々も、短い命を刻んでいる〟と書かれている。精神科医や臨床心理学者などの心理分析官の協力を得て検討した結果、この曖昧で抽象的な表現の意味するところの解明が、日本刷新党なる組織の正体に近づくための重大なキーポイントになり得る可能性があるとの指摘を受けた」

短い命を刻みながら生きている場合には、どんな具体例があるだろうか？　少しの間考えてみたが、末期ガンを宣告されて余生を過ごすパターンしか、谷垣は咄嗟にイメージすることができなかった。

高田管理官の話が続く。

次の事件が起こる可能性も十二分に予測されるため、その際の各部署による連携の仕方などが徹底して確認された。

また、事件発生を予防するために、可能な限り厚生労働省と関連団体に対する効率的な警備態勢を整える必要があることも説明された。まずは本省周辺の警備を、迅速に、より強化することが決定された。

「各自、不測の事態に備えながらそれぞれの仕事に戻るように。当然ながら、捜査情報は外に漏らさぬよう。以上」

高田管理官を含む幹部の退室とともに、大部屋に詰めていた者達も全員立ち上がり、速やかに退室していく。

周囲の流れに乗り、後方の出入り口へ向かう途中、ほかの特殊部隊員とともに部屋を出ようとしていた中田が笑顔を浮かべ、わざとらしく小さく敬礼してみせた。

会議のあと、デスクでいくつかの書類作成を終えた谷垣が廊下へ出ると、彼を呼び止める声がした。

「谷垣さん」

振り返ると、五十を超え、頭髪が薄くなった、スーツ姿の小柄な男が立っている。

「竹林(たけばやし)さん」

その男は、竹林秀人――大手の《日明新聞》社会部の記者だった。日明新聞は、警視庁記者クラブの中で最も歴史がある《七賛会》に所属している。竹林は、谷垣が警視庁の捜査一課に所属していることは知っていたが、特殊班の要員であることは当然のことながら認知していない。

二人は近くの階段の踊り場の隅に移動し、話を始めた。

「全く、困ったものですね。同時期に、信じられないような二つの凄惨な事件が起こるんですから。今日は、テロ事件後初の特別対策会議がこちらで開かれたんですよね？　何か、新しいことは分かりましたか？」

「正式に発表されたこと以外は、何も分かっていません。本当に、謎が多い事件で」

「そんなにつれなくしないで下さいよ。何か一つくらい、犯人の身元の特定につながるような重要な証拠は出なかったのですか？」

「つれなくなんて、していません。大体私は、警視庁記者クラブにいながらアンチ警察、アンチ権力と評判のあなたに対しても、いつもきちんと対応しているではありませんか。新情報はありません」

「我々マスコミに対して、どこの社にでも、誰にでも、いつでもきちんとした対応をして下さるのは、あなたにも思惑があるからでしょう？」

竹林は意味ありげな笑みを浮かべた。

「思惑とは、何ですか？」

「理想主義者の谷垣さんは、警察をよりクリーンにするため、看過できない不正の情報と証拠を昔から我々にそれとなく流して下さっている。実は、警視庁へこられる前から、私はあなたのことを知っていましたよ」

意外な事実だった。

「何人かの知り合いから、そういう話をたびたび聞いていたので。あなたとしては、それらのネタを速やかに報道させるために、常にいくつかのパイプを確保しておく必要があるのでしょう？」

「それは——」

図星を指され、谷垣は言葉が続かなかった。

「まあ、まあ、いいじゃないですか。こちらも、スクープや聞きたいことをそれとなくリークしてもらう代わりに、あえて警察の印象操作のお手伝いをする場合もあるのですから。本心では、意味がないと思いながらもね」

谷垣は眉をひそめながら竹林の話を聞いている。

「我々が協力している最たるものは、事件の捜査や被疑者逮捕の過程で問題が起こるたびに、警察が発表する〝捜査、逮捕は適切で、問題はなかった〟というお決まりのフレーズをそのまま活字にして、正当性に疑問を投げ掛けないようにしていることです」

「回答が適正であることの方が、多いと思いますよ」

「そうでしょうか？　例えば、十代の馬鹿なガキがスピード違反のスクーターで逃走しているところを、パトカーが無理に追い掛けて事故死させても、警察は必ず〝追跡に問題はなかった〟と発表し、我々もそのまま報道してしまいます」

　ばつの悪い思いが谷垣の胸中に広がる。

「我々の本音としては、馬鹿なガキは興奮しているんだから、無理に追えば無理して逃げるだろうということも、その結果死亡事故が起こる可能性が大きいことも、警察は多くの事例から十分に分かっているはずだから、写真やナンバーを控えて後日に逮捕すればいいじゃないかと思いながらもね」

　谷垣は言い返せなかった。

「絶対にとは申しませんが、警察は自分達の非をほとんど認めませんからねえ」

「いや、決してそんなことばかりではありませんよ」

「そうでしょうか？　まあ、我々の方も悪いんですけどねえ。疑惑の相手が市民だとしつこく取材に行くのに、これが、現役やＯＢを問わずに、取材相手が警察や検察の人間になってしまうと、途端に弱腰になってしまうんですから」

　わざとらしくうつむいた竹林が、右手で後頭部をかいてみせる。

「我々の警察や検察への弱腰といったら、情けないものですよ」

泣き言を延々と言うような口調とは逆に、竹林の目つきは徐々に鋭さを増していった。

「竹林さん、もういいでしょう？　今の話には、確かに納得できるところもありましたが、それよりも、今のあなたからは刺々しいものを感じます」

「それは、どうもすみません。失礼しました。悪意はまったくないんです」

竹林はわざとらしく頭を下げると、口元を引き締めて、真顔で谷垣に尋ねる。

「谷垣さん。私が今、本当に聞きたいことはですねえ、あの立て籠もり事件を起こした身元不明の少年を〝本当に射殺する必要があったのか〟ということです。あなたも、現場のどこかにいたのでしょう？」

谷垣は視線を落とす。

「少年が人質に発砲して負傷させたことは、私だって知っています。しかし、相手は少年一人です。対する警察は、事件の性質から、通常の人員の他に特殊班も特殊部隊も臨場したんでしょう？　相手を怯ますような、何か特別な、色々な道具や方法があったはずだ。閃光弾とか、煙幕弾とか。たとえ負傷させても、殺す必要はなかったのではないかと思うんですよ。この間の、暴力団員の立て籠もり事件のように」

先ほどまでの竹林の警察に対する批判めいた話は、実はこの一件を問いただすための布石だったのだ。

「少年を射殺したことに、本当に何の疑問もないのでしょうか？」

「残念ですが、仕方がありませんでした。状況が、非常に切迫していたのです」

谷垣は、脳裏から懸命に中田の反吐が出る笑顔を追い払い、できるだけ冷静を装って答えた。

「そうですか。でもねえ、谷垣さん。これは、私が長年にわたって色々な事件を見てきた勘ですが、この事件には、早い時期に続きがあると思いますよ。厚生労働省に届いた脅迫状の文面を、私もある方から教えてもらいました。あれは、誰もが分かりきっているこの国の問題を書き表している」

「ええ、確かに」

「あの脅迫状の内容や、少年の犯行という意外性も含めて、その背後から、揺るぎ無い決意というか、凛(りん)としたものを感じてしまうんです」

真顔で自らの考えを述べると、竹林はゆっくりとした足取りで立ち去っていく。

その後、捜査本部は、被疑者の少年が何らかの精神的な不具合を抱えていたと推測されることから、都内の主要な病院の精神科やクリニックなどに、顔写真を手にした捜査員を派遣した。

しかし、遺体を写した顔写真しかなく、確認する病院の対象件数やそれぞれが抱える患者数も膨大なことから、短時間で有力な情報に辿り着くことはできなかった。

＊

(何で俺が、こんな時間まで残業しなければならないんだ)

《財団法人疾病予防管理センター》に勤務する、今年五十八歳になった衣笠庄二理事は、帰路につきながら内心で愚痴を吐いた。

衣笠の勤務先の仕事は、主要病院などへのアンケートをまとめて、各種病気ごとの患者数などを、年度別、月別に集計し、本省へ提出するというものだ。

本来ならば、多忙や煩雑な業務とは無縁の職場だった。調査の依頼や、データの回収、集計と分析などの業務は下請けに丸投げしていて、衣笠の勤務先ではそれらの最終チェックしか実質的な仕事はなかったからだ。職員達の実状は、両手を組んでデスクに座ったまま、ただ時の経過を待っているだけとも言えた。

しかし、この日に限っては、丸投げしているデータの集計が返送されるのが遅れたため、終業時間が延びてしまった。こんなケースは、例外中の例外なのだ。

それでも、東京神田にある天下り法人には数億円の予算が毎年計上されて、本省から天下ってきたキャリアである衣笠には一千万円弱の年収が支払われている。一般職員のほかに、彼と同じ地位の理事があと四人おり、その上に運転手つきの車で週に二、三回しか出勤してこない、さらに高額な年収を受け取っている理事長がいた。

自分が極端に損をしてしまった感じでいら立ちが治まらなかった衣笠は、前方から一人の若い女が歩いてくるのを目にした。

肩を少し超えた辺りまで伸びた、栗色の緩く巻かれたセミロングヘアーの、二十代半ばから後半に見える、魅惑的な女だった。

女の格好は多少エキセントリックに映った。艶めかしい両太股がほとんど露わになるほどの短いオレンジのショートパンツに、濃いピンクの長袖のカットソー、その上から真っ赤なベストを着ている。衣笠は、原色が多用されたスポーティーな格好がゴルフウェアであることに気がついた。女の右肩には白いゴルフクラブケースが掛けられている。

徐々に近づいてくる官能的な香水の匂いに気を取られながら、衣笠は、

（いいなあ、ゴルフかあ。そういえば、久しくコースには出てないなあ）

と考えた。

本省勤務だった頃の一時期、衣笠は毎週末に名門と言われるコースに通っていた。それは関係業者や自治体からの違法な接待であり、金を支払ったことは一度もなかった。

女がスムーズに通れるように右側を開けた衣笠だったが、すれ違いざまに相手がにこやかに話し掛けてきた。

「すみません」

「えっ」

「《朝日ゴルフクラブ》って練習場、どこですか？」

「ここら辺に、そんなところ、あったっけ。それ、最近できたところなの？」

衣笠が思案していると、不意に女は表情を強張らせ、肩からケースを下ろした。そのまま中身を取り出すと、ケースを投げ捨てた。

突然のことに、衣笠は面食らった。女が自分に向けて構えているものはライフルだったからだ。

「黙ってついて来い」

荒々しく女が告げた。

「変ないたずらはやめなさいよ」

今一つ状況が理解できないまま、衣笠は、これはたちの悪いいたずらだろうと考えて、相手を諭した。

「いたずらだって？　冗談じゃない。あのセンターから誰かが出てくるのを、ずっと待ってたんだ」

女は唇を震わせながら、相手の頭部に突きつけている銃口を一旦外し、真上に向けた。

容赦のない轟音が夜空を震わせる。

「ひっ」

あまりの衝撃と迫力に、驚いた衣笠は手から鞄を放し、尻をついた。

改めて、女が銃口を衣笠の頭部に突きつける。

「早く立て。歩けよ。山本君も見殺しにしたんだ。今日こそは、これまでのツケを払わせてやる」

衣笠は、小刻みに震える両膝で何とか立ち上がると、後ろから女に銃口で押されながら歩かされた。

二人はそのまま近くの公園へ向かった。

周囲は静かだったが、多少の人通りがあった。離れたところから、女の発砲の瞬間と、不自然な二人の様子を目にした何人かが、警察へ通報した。

五月十八日、午後八時二十五分――第一方面本部の神田署と警視庁の関係部署に、現場急行の指令が下った。

女が厚生労働省の関連団体職員である衣笠を人質に立て籠もった公園は、周囲に木々が密集し、緑が多いところだった。

公園の周囲には、すでに規制線が張り巡らされている。

正面入り口から右斜め前方に、ブランコが二つあった。

ライフルを手にした女は、そこから少し手前の、ほぼ中央に立っている。地面に正座をしてうつむく姿勢になった衣笠の、頭髪が薄くなった後頭部に上から銃口を突きつけたままだ。

「君達。私は元国家公務員だ。早く何とかしてくれ」

衣笠が、地面の砂を両手で掻(か)きむしりながら、甲高い声を上げた。

現場には、一報を受けた警視庁から、谷垣が率いる特殊班第一係と、川村や中田達の特殊部隊の面々がすでに到着している。各種捜査車両と、彼らや所轄の人間達で、公園の周囲の車道は占領されている。

「人質は、財団法人疾病予防管理センターの理事、《衣笠庄二、五十八歳。男性》だと思われます」

特殊班の要員達が待機している二台のステップワゴンの近くで、谷垣が所轄の者から報告を受けた。

「やはり、厚生労働省の関連団体の人間が人質なのか」

谷垣が苦い思いでつぶやいた。

特殊班の車両のすぐ後ろには、特殊部隊の濃紺の四台の車両が連なって停まってい
る。すぐ近くに簡易テーブルが出され、指揮班班長の川村と技術支援班の特殊部隊員
達が通信機器の設置をしている。
部下とともに近くで待機していた中田が、谷垣の近くへ歩み寄った。
「よう、係長。人質は、また、厚生労働省の天下り法人のやつだって？」
にやにやしながら、挑発的な態度で谷垣に話し掛けてきた相手を、特殊班の要員達
は不快な表情でにらんでいる。しかし、誰もその態度を咎めることはできなかった。
「ああ、そうだ」
谷垣が自己を律して冷静に答えた。
「どうせ今回も、前と一緒で実力的には大したことないだろう。けどよう――」
珍しく言葉を詰まらせた相手を、谷垣は注視する。
「これも前の事件とつながっているとしたら、背後には、厚生労働省に対する、相当
大きな恨みがあるんだろうなあ」
「当然、その通りだ。で、君自身は、それはどんな恨みだと思うんだ？」
「具体的には、分からねえなあ。でも、かなり大きな怒りっていうか、復讐っていう
かさあ、そういう半端ねえ気合いだけは、強く感じるよ。前回仲間のガキを俺達に容
赦なく殺されたのに、全く懲りねえで今回も続くということを考えるとな」

「君自身が、なぜこの事件から、厚生労働省に対する大きな恨みや、怒りや、復讐心を感じるのか、もっと詳しく話してくれないか？」

谷垣が促すと、中田はあからさまに相手を嘲笑った。

「おい、おい。そんなの当然だろう。あんたも前の事件で分かったと思うけど、相手は完全な素人なんだよ。あんたが何度も俺に言った通り、ガキだったんだぜ。それなのに、泣き喚きながらでも、錯乱しながらでも、必死に犯行に及んだんだ。何か、よほど腹に据えかねたことがあったんだろう」

谷垣は、目前の悪魔の指令によって射殺された少年のことを思い出し、一瞬胸が締めつけられた。

「そして、今回は――」

中田が、今一度確認するかのように、公園にあるブランコの方を向いて犯人の姿を確認する。

「今回の犯人は、なんと、女だ。しかも、まだ若い姉ちゃんだ。それも、結構綺麗目の。そういう、普通のガキや、若い綺麗な姉ちゃんが、実銃を手にして必死に犯行に及んでいるんだ。厚生労働省に対して、半端じゃない怒りを抱えていると考えるのが普通じゃねえか？」

谷垣にも腑に落ちる説明だった。

「まっ、捜査権のあるそちらと違って、単なる実行部隊の俺達には、犯人達がどういうやつらで、どんな動機で犯行に及んでいるのかなんて、微塵も関係ねえんだけど」

吐き捨てると、中田は意味もなく大袈裟な笑顔をみせた。

「頼む。撃たないでくれ」

公園の中から人質の金切り声が響き渡ってきた。衣笠は、正座のような姿勢のまま上体を反転させて上を向き、必死に命乞いをしている。

「うるさい。黙れ」

女は素早く銃を縦に半回転させ、銃底を衣笠の右肩に叩きつけた。

衣笠は「うっ」と呻き、左手で肩口を押さえて前のめりになった。

「我々特殊班は公園内に進入し、犯人の説得と確保、並びに人質の救出にあたる。なお、くれぐれも人質の救出を最優先に任務にあたること」

谷垣が任務遂行の指令を下した。

特殊班第一係の要員達が、一斉にヘルメットの防弾シールドを下げる。

「特殊部隊の諸君は、公園内の周囲の木々の隙間から犯人を包囲し、状況を見守ること。指令が出された緊急時にのみ、我々を援護すること」

中田を筆頭とする制圧第一班の特殊部隊員達が、MP5を手にし、足早に、犯人を取り囲むように、公園内の木々の根元に身を隠していった。

その様子を見届けると、谷垣を先頭とした要員達が、それぞれベレッタを両手で構え、基本フォーメーションの形で、ゆっくりと正面入り口から公園の中へと進んでいった。

「馬鹿な真似はやめなさい。直ちに銃を下ろすんだ」

谷垣が慎重に歩を進めていっても、依然として女の様子は変わらなかった。正座をしたまま、地面に顔を押しつけて震えている衣笠の後頭部に、上からしっかりと銃口をあてている。

「私達の要求は分かってるでしょう？　早く厚生労働省を解体して。そうしたら、この男は解放する」

女が悲壮な声で告げる。

「なあ、君。そんなこと、すぐにできるわけがないだろう」

「じゃあ、この男にはここで死んでもらう。こういうクズ野郎には、それがお似合いでしょう？」

女は力強く銃を構え直した。

衣笠が、「私は善人なんだ。撃たないでくれ」と叫び、さらに身を小さくする。

「待ちなさい。どうして君達は、こんなテロ行為を行うんだ？　一体、何が原因なんだ？　厚生労働省に何か言いたいことがあるなら、とりあえず我々に話してくれないか？」

女の表情が一気に険しくなっていく様子が薄暗い中でも確認できた。

「私達がどれだけ厚生労働省に惨状を訴え続けてきたか分かってるの？　あいつらは、長い間、本当に長い間、何一つ問題を解決しようとしてくれなかったのよ」

興奮した女が、獣の咆哮（ほうこう）のように叫ぶ。

〈係長。ありゃあ、ちょっとまずくないか？　取り乱して、そのまま人質の頭をズドンといっちまうかも知れねえぞ〉

状況を見兼ねたのか、中田がインカムで谷垣に告げる。

〈制圧第一班班長。犯人が興奮していることは分かっている。だが、まだ説得を始めたばかりだ。交渉で投降させられる可能性は十分残されている。くれぐれも、そちらの勝手な判断で暴走しないでくれ〉

〈じゃあ、もうしばらく様子を見よう。こっちも、できれば綺麗な姉ちゃんは撃ちたくねえしな〉

相手を制すと、谷垣は再び犯人の説得を始めた。

「君はまだ若い。もっとほかにいくらでも楽しいことがあるだろう？　君が過ちを犯したら、旦那さんや恋人が悲しむんだぞ」

谷垣の言葉に、女はさらに逆上した。

「黙れ。私のこと、何も知らないくせに。いいわ。見せてやる」

女は辛うじて右手だけで銃を持ち、左手を自分の頭頂部へ運んだ。栗色の緩く巻かれたセミロングヘアーを鷲掴みにすると、乱暴に引っ張った。女の左手には髪型全体のシルエットがぶら下がっている。

女はそれを、前方の谷垣の方へ無造作に投げ捨てた。栗色のウイッグが、音もなく地面に落下した。

「どう？　これで、分かったでしょう。私は、若くて綺麗な、恵まれた女じゃないのよ」

スキンヘッドになった女が、再び両手で力強く銃を構え、銃口を衣笠へ向ける。

女の変貌に、谷垣は少しの間言葉を失った。

「普通のことをしていても、物ごとって変わらないのよね」

女がうずくまる衣笠の後頭部に銃口を接触させた。

衣笠が、「よせ。やめてくれ」と絶叫する。

「銃を下ろすんだ」

ベレッタを女の手元に向けながら、谷垣が叫んだ。周囲にいたほかの要員も、前方に照準を合わせたまま固唾を飲んでいる。

敷地の周囲を囲む木々の根元に身を潜めている特殊部隊員達も、腹這いの姿勢のまま、女の太股に照準を合わせた。

現場は硬化している。

何とか打開策を見出そうと、谷垣達は、銃を構えながら、微かなすり足で前方へと歩み寄っていた。

その時、犯人の女に異変が生じた。

「うぐっ。ううう」

突如としてうめき声を上げると、女は左手で下腹部を押さえ、身悶え始める。

「おい。どうしたんだ？」

谷垣の呼び掛けにも、女は答えることができなかった。持っている銃も下に落とし、両手で自分の下腹部を押さえたまま、膝をついた。

「ああ」

女は、向かって右側の地面に倒れ込むと、苦しそうにうめきながら身をよじらせる。

中田が、

〈今だ〉

とインカムで谷垣に叫んだ。

「確保だ」

谷垣が指示を出すと、両側にいる四人の部下が前方へと駆け寄っていった。

そのうちの二人が衣笠の両脇をそれぞれの肩に担いで女から遠ざけ、もう一人が女の手から滑り落ちたライフルを地面から拾い上げる。

そして残りの一人が、両手を下腹部にあてたまま倒れている女のもとへ近寄った。

万が一の事態に備え、谷垣は先ほどまでと変わらぬ位置で、横向きに倒れたままの女にベレッタを向けている。

そんな谷垣に対し、女の状態を仔細に確認した部下の一人が大声で叫んだ。

「係長。死んでいます。脈拍がありません」

「何?」

「間違いありません。この女は死んでいます。被疑者死亡です」

*

第二の事件終結後、被疑者の女の遺体は早急に司法解剖に回され、使用していた銃も鑑定に出された。

事件から四日後となる五月二十二日の午後、久松署の捜査本部で会議が開かれた。

大会議室の壇上の右側には、向かって左から署長の瀬山と刑事課長、あと一人の制服姿の署員が並んで座っている。正面の右側にはキャスターつきのホワイトボードが設置されており、左側にはスクリーンも掛けられている。警視庁からも、谷垣を筆頭とする特殊班第一係の要員達と一課の人間が数人出席した。

全員が席に着いたところで会議が始まった。なお、身元不明の少年による犯行に続いて第二の事件が起きてしまったために、事件の戒名に〝連続〟の文字が加えられることとなった。

まずは、久松署の署長である瀬山がこれまでの経過を一通り壇上で説明した。その後、刑事課長の丸橋郁夫警視が壇上に上がり、これまでに判明した詳細事項を話し始める。

「被疑者の女の身元についてですが、これは今もって不明のままです。しかし、司法解剖及び科捜研と科警研による化学鑑定の結果、その解明につながる可能性を含むいくつかの重大な手掛かりを得ることができました」

紺のスーツに身を包んだ谷垣は、胸の前で両手を組み、事件当夜のことを思い返した。

若く美しく見えた犯人の女が、人質を射殺するかに見えた途端、いきなり悶絶し、卒倒した――そして、彼女はそのまま絶命したのだ。

「第一に、被疑者である身元不明の女は、二十歳から三十代半ばの成人とのことです。

右の奥歯に治療痕らしきものが一箇所ありましたが、かなり古いものと思われ、照会はしてみますが、恐らくそこからの身元の判明は困難とのことです。なお、女の生体情報を照会したところ、一致する情報はありませんでした。つまり、女はこれまでに罰金刑以上の刑並びに逮捕の前歴はもちろん、勾留、科料、厳重注意処分の経歴さえもないものと断言できます」

警察では、二十年ほど前から、勾留、科料、正式な刑罰ではない厳重注意処分といった軽微な事案でも、関係者の、顔と全身の各方向から撮影した写真、氏名、性別、生年月日、住所、簡易経歴、身長、体重、身体的特徴、両手の全指紋と掌紋などを記録するようになった。それらの多くの情報は、全警察間のデータベースには載らずに、担当した署内限定の保管となる。

しかし、指紋並びに掌紋はエーフィスに載せられているため、データベース情報だ。具体的に言えば、勾留、科料、厳重注意処分の事案で過去に警察と関係した人間は、その氏名、性別、生年月日、住所で照会センターに問い合わせても、当然のことながら何も出てこずに〝前科前歴なし〟という結果になる。しかし、その人間の指紋と掌紋をエーフィスで検索すれば、直ちに身元が判明するのだ。

（――過去に重大な犯罪と無縁だった彼らが、いきなりこのようなテロ行為になぜ及んだのか）

前回の事件も踏まえて、谷垣は大いに疑問を抱いた。

「第二に、被疑者である身元不明の女が所持していたのは実銃でした。これは前回の事件で使用されたものと同じで、ドイツ製のファインベルクバウ603です」

左前方のスクリーンには、実際に犯行に使用された銃の写真が大きく映し出される。

「前回使用されたものも同型であったため、我々としては、現在全国で一斉に行われている保管場所確認が功を奏することを強く願っているところです」

まずは、全国所轄署の担当者達が、署の生活安全課に提出されていた所持許可申請書の中から、ファインベルクバウ603の所持者を割り出す。それから、彼らの保管場所に事前連絡なしに出向き、一つずつしらみ潰しにあたっていくのだ。

また捜査本部は、全国の都道府県のライフル射撃協会、射撃場、銃砲店にも、「銃が全て揃っているか」、「関係者に最近不審な行動を取った者がいなかったか」などの確認作業を同時に進めている。

丸橋の説明は続いた。

「そして第三に、被疑者である身元不明の女の体内からは、非常に多くの薬品成分が検出されました。その中でも、我々が特に注目している成分が二つあります。まず一つ目ですが、前回の事件の犯人である少年の遺体からも検出された、メチルフェニデートです。これは、現在国内の臨床において唯一処方が認められている覚醒剤とも言われている、リタリンという薬の成分です」

発表を聞いた谷垣は、

（また薬か）

と思考を曇らせる。

しかも、彼らが服用していたものは、医療用の覚醒剤なのだ。

（――一体、彼らはどこから、どうやってそんなものを入手したのか？）

考えてみたが、思い当たるふしがなかった。

リタリンという薬は、侵入窃盗を試みたところでそう易々と手に入るような管理体制下にはないはずだし、過去のネットなどを用いた違法薬物売買事件を思い起こしてみても、素人間の売買で名前の挙がる薬品ではない。

「二つ目は、《ケミレル》という薬品の成分です。これは、国内において、二〇〇七年の一月にカポジ肉腫という病気に承認されたものだそうです。この二種類の薬品成分が、特に多量に検出されました」

カポジ肉腫という病名を耳にしたのは、谷垣は初めてではない気がした。

「そして最後になりますが、司法解剖の結果、女が末期の卵巣ガンであったことが判明しました。この事実は、女の身元の特定において重大な手掛かりになることでしょう。女が卵巣ガン患者であったことは、抗ガン剤や鎮痛剤の成分も検出されたことから間違いがありません。また、事件当夜に女が急死した原因ですが、ガンによる突発的な卵巣腫瘍の破裂、そのショックによる呼吸不全と心不全を伴った突然死ということです」

意外な発表内容に、室内がざわつく。

左前方に座っている、若い所轄の捜査員が挙手して立ち上がり、質問した。

「女には、カポジ肉腫とかいう病気はなかったのですか？　何とかっていう、病気のための薬を飲んでいたのに」

「女はカポジ肉腫を患っていたのではなく、末期の卵巣ガン患者でした。それなのに、女からカポジ肉腫の治療薬成分が検出されたのは、不可解です」

第二の事件の被疑者死亡から五日が経過した。

この時点で捜査本部は、日本刷新党と名乗る犯人達の背景についてある推測を立てた。

犯人達の解明に関する手掛かりは、これまでの捜査会議でも発表された通り、主に三点あった。

一つ目は、最初に送付されてきた闘争宣言書と銘うたれた脅迫状に書かれてあった内容からも分かる通り、彼らが厚生労働省に対して強い恨みを抱いているということった。

だ。〝厚生労働省を直ちに解体せよ〟という文言からも、その事実は疑いようがなかった。

二つ目は、同じく闘争宣言書の中にあった〝我々も、短い命を刻んでいる〟という一文だ。これは、その文面を素直に解釈すれば、犯人達は命の危機に晒されているという意味になる。現に、突然死した第二の被疑者の女は末期の卵巣ガン患者だった。

そして最後は、第一及び第二の事件の被疑者それぞれの体内から、多量の、不審な薬品成分が検出されたことだった。国内で唯一合法的に処方される覚醒剤とも言われているリタリンがそれぞれから検出され、最初の事件の被疑者である少年の体内からは抗うつ薬の成分が、第二の事件の被疑者である女の体内からは罹患していないカポジ肉腫の治療薬成分が、合わせて検出された。犯人達は医薬品と強い結びつきがあるに違いないと思われた。

当該省の不祥事として捜査関係者達の脳裏に浮かんだのは〝薬害〟だった。それらには、ふと思い浮かべただけでも、《薬害肝炎事件》や《薬害エイズ事件》など大きく報道されたものがいくつかあった。

＊

周囲に立ち並ぶビルと同じく、辺りを漂う空気はどこか鈍色で、淀んでいるように感じられた。

五月二十四日の午前中、捜査本部の命を受けた谷垣と、彼の直属の部下である大口明憲警部補が、ともにスーツ姿で、霞が関の厚生労働省医薬・生活衛生局の人間に話を聞きに出掛けた。休日だったが、重要な捜査参考事項ということで、事前に話は通してある。

大口は、いつも谷垣と行動をともにしている特殊犯捜査第一係の要員で、一つ年齢が下の、中背の男だ。独身で、特殊任務に就いているようには見えないほどにやせており、頭髪を五分刈りにしていた。物静かだが、芯の部分には熱意を秘めていることを谷垣は見抜いており、信頼している。

二人は連れ立って霞が関を歩いていった。

厚生労働省の庁舎前の歩道では、休日にもかかわらず、いずれも小規模な数グループが、手にプラカードを持ったり、幕を掲げたりして、静かに抗議活動をしている。庁舎の中へ進もうとする谷垣に、一人の年老いた男がビラを手渡しながら話し掛けてくる。

一連のテロ事件のことで頭がいっぱいだったため、周囲の抗議活動の内容も、たった今男が話し掛けてきた内容も、一切頭に入らなかった。それでも、人生の黄昏時を穏やかに過ごすことのできない相手を不憫に思い、胸が痛んだ。

医薬・生活衛生局へ出向いた谷垣と大口を、二人とほぼ同年代の一人の官僚が出迎え、小さな一室へ案内する。

谷垣と大口は、デスクを挟んで担当者と向き合うようにして座った。

「それでは、早速ですが質問させて下さい。当事者の一人とも言えるあなたにとっては少々答え難い質問かもしれませんが、厚生労働省が把握している薬害問題にはどのようなものがあるのでしょうか？」

谷垣はまず、相手に薬害全般の概要について説明を求めた。

「そうですね。では、最初に薬害というものの定義について説明させて下さい。一口に薬害といっても、個別の内容は様々なのですが、大きく二種類に分けることができると思います」

谷垣は静かに相手の話に聞き入り、左隣に座っている大口は、懐から小さな手帳とペンを取り出し、メモを取り始める。

地取りでも、鑑取りでも、または今回のようなその他の聴取の時でも、谷垣と大口の二人で人に接して情報を得ようとする場合、常に主導権は谷垣が持つことと徹底されていた。一方の大口は、谷垣の邪魔にならぬよう無言のままやり取りを観察し、相手の言動に不審なところがないかをチェックし、重要な内容を記録する。

「元々薬害と言えば、発売済みの薬品において、生命に関わる危険な副作用や、重大な薬物相互作用を見過ごして、死傷者が多発した事案のことでした」

「薬物相互作用とは、具体的にはどういうことですか？」

「簡単に言ってしまえば、飲み合わせということです」

大口はメモを取り続けている。

担当者は両手を組み、少しだけ身を乗り出した。

「しかし、これまでに報道された大きな薬害に関しては、少し事情が異なります」

「それは、薬害肝炎事件のことですか」

「ええ。さらに遡ると、薬害エイズ事件も同じ範疇にあります。それらは初期の頃から、血液製剤の製造過程に問題があって、感染源のウイルスが混入しているのではないかと指摘されていました。また、ある病院の注射針などの使用方法や管理方法などにも問題があり、このままでは有害なウイルスの感染を拡大してしまうのではないかという指摘もありました。ですが――」

「しかし、あなた方厚生労働省は、その時点では、早急に、特に何も対処はしなかった、厳重な改善指導を行わなかった、ということですね？　様々な理由から」

「ええ」

谷垣は、一連のテロ事件の、死亡したそれぞれの被疑者達から多量に検出された薬品名を思い浮かべながら、相手に質問を続ける。

「それでは今から、先ほどの大きな二つの事件以外の、現在までに確認が取れている主だった薬害事例を教えて下さい。実際に問題になった薬品名だけではなく、それらの治療に用いられている薬品も、併せて教えて下さい」

担当者は傍らにあったクリアファイルを手に取りながら、その他の薬害の事例と、治療に要した具体的な薬品名も話したが、それらは二人の被疑者達の体内から検出されたものとは一致しなかった。

一連のテロ事件の犯人達が厚生労働省の解体を強く要求し続けている理由が、彼らが薬害事件の被害者であるからという捜査本部の推測は、残念ながらこの時点で最優先候補からは外されることとなった。

捜査本部に推測が間違いだったことを告げた谷垣は、比較的早い午後八時過ぎに、落胆したまま帰宅した。

「あっ、パパー。お帰りなさい。早いね」

谷垣がインターホンを押すと、玄関口に迎えに出たのは、妻の美樹ではなくて娘の奈菜だった。

「あ、奈菜ちゃん。今日は塾じゃなかったっけ？」

「うん。さっき帰ってきたところ」

「そうか。ママは？　台所にいるの？」

「いるよ。お料理している」

「そう」

谷垣は中へ入ると、手を洗ってうがいをしてから、リビングへ向かう。

「あら、あなた。お帰りなさい。今日は早かったのね」

振り向きながら、美樹が声を掛けた。

「ただいま。いつもこうだといいんだけどな」

「刑事の仕事じゃあ、それは無理でしょう？」

「その通りだ」

リビングでは、奈菜がソファーでテレビを見ている。

谷垣も、夕刊を手にして左隣に腰を下ろし、目を通していった。しかし、一連のテロ事件に意識が集中し、どの記事を読んでいても何か関連する事柄がないか考えてしまう。

谷垣は一旦夕刊から目を離し、前方のテレビに目を向けた。そこではバラエティー番組が放送されていて、奈菜が笑いながら夢中になっている。

やがて、スポットニュースの時間になった。世界的な建築家が設計した、国際展示場をめぐる顛末(てんまつ)を報じている。建築確認申請の段階では問題なかったはずが、結局、承認されなかったという内容だ。
(——申請と、承認)
何かが引っかかり、谷垣は記憶を探る。しかし、水は濁ったままだった。
再び、手元の夕刊に視線を落とす。
すると、中国ではペットのクローンビジネスが承認されており、活況を呈している
という記事に目が向いた。
(——承認)
その時、谷垣は確かに気がついたのだ。無意識下のブラックボックスが、確固たる
何かを探し当てたことに。新聞か、テレビか、あるいはインターネットのニュースサ
イトか定かではなかった。しかし、過去にそれらのどこかで、一連のテロ事件につな
がる重要な何かを目にした確信があった。
(——なにを見たんだ)
近づいてくる美樹の気配を察し、谷垣の思考は中断される。
「夕飯の準備、できたわよ」
「ああ、ありがとう」
その後も、谷垣は核心に行き着くことができなかった。

＊

中田は、警視庁特殊部隊員達とともに、都内の秘密訓練施設にいた。

そこでは、かつての中田も経験した、特殊部隊へ志願した候補者を選抜する試験入隊訓練が行われている。

プログラムの内容は、大まかに二つのカテゴリーに分けられている。

一つ目のカテゴリーは、肉体面と精神面の両方に関する、基礎的な要素の強化に特化したメニュー群だ。

腕立て伏せや腹筋、背筋、スクワットなどの基礎体力強化メニューが、数百回をワンセットにして延々と続けられる。十メートル以上の崖の上からロープを一本垂らし、地上から自らの腕力だけで一分以内によじのぼらなければならないメニューもある。命綱はあったが、時間内に成功できるまで続けさせられた。

また、噛みつき、目潰し、金的攻撃を除いた、素手による全ての攻撃が許される連続組み手も行われた。訓練生はいくつかのグループに分けられ、三人の相手から、失神、参った、教官による制止などによって勝利を得るまで、休まず闘いは続く。この成績が芳しくない者は、早々に養成プログラムを辞退させられた。

それらに加えて、忍耐力を鍛えるために、一人を柱に縛り、二人の人間が一分間、頭部と顔面を除いた全身を木の棒で殴り続けるリンチまがいのメニューもある。中田は、小さい頃に父親からの極度の虐待にさらされていたため、余裕で耐え抜くことができた。

二つ目のカテゴリーは、戦闘における技術面を強化するためのメニュー群で、様々な銃器を用いた訓練である。

実際の訓練内容には、報道のスポット映像などによく用いられる、ビルの屋上からロープで下の部屋に急降下し、MP5で急襲するものがある。ほかにも、MP5を両手で持ったまま、赤外線が張り巡らされたビルの中でそれらに探知されないように身を隠したまま進み続けるという、高度なバリケイドテクニックを用いて目的の部屋に侵入するものなど、多様だ。

さらなる特別メニューとして、陸上自衛隊の演習場で、実弾が飛び交う中で行われるトレーニングも用意されていた。

また、訓練の合間には、現役の特殊部隊員達によるデモンストレーションも行われる。

完全武装した特殊部隊員達は、赤外線が張り巡らされたビルの中の特定の部屋に高度なバリケイドテクニックを用いて侵入することや、そこの屋上からロープ伝いに急降下して目的の部屋に侵入するパフォーマンスなどを、驚くべきスピードで披露した。

過酷な訓練によって無尽蔵の体力を誇る特殊部隊員達のスピードは驚愕に値する。通常のトレーニングウェア姿の候補者達の中で最も俊足を誇る一人と、総重量が二十キロ前後にも及ぶ完全武装をした特殊部隊員の一人が、ともにMP5を両手で構えたまま五十メートル走を行うと、二人はほぼ同時にゴールした。

その後、候補者達は、訓練メニューの中でも最も過酷なものの一つと言える連続組み手を開始した。

彼らの意識を鼓舞するため、中田を含めた特殊部隊員達が周囲を取り囲んでいる。

「ぐ、がっ」

中田の目の前で一人の候補者が、仰向けになった相手の左腕の肘ごと右の膝の辺りで挟み込む形で馬乗りになり、背後に両腕を回して相手の右腕をねじ曲げた。腕を極められた相手は、苦悶の表情を浮かべる。

その光景を目にした中田は、昔のことを思い出した。

――ある年の初夏。警視庁前のガラス張りの掲示板に、一枚の文書がひそやかに貼り出された。

《告示　国家公安委員会の承認を得て、今夏、警視庁警備部第六機動隊（通称ＳＡＴ）を、オーストラリアのパースにあるキリングヴィレッジへ、実戦訓練のために派

遣することが決定した》

キリングヴィレッジは、広大な土地に設けられた特別実戦訓練施設だ。そこは、市街戦、屋内戦の訓練を主な目的にしており、様々な戦闘状況を考慮して、架空の住宅街やビルなどが造られている。ほかにも、ジャングルを模した林、荒野、湖などもあった。

この土地で三ヶ月間にわたり、多国籍の特殊部隊員達によって、戦闘機からのパラシュートによる降下訓練、各種銃器による射撃訓練、局地への急襲訓練など、多様な実戦訓練が共同でとり行われた。

そして、訓練の集大成と言えるものが《フラッグゲーム》だった。三人一組がチームとなり、ジャングルを模した林の中で行われる仮想戦闘だ。内容は至極単純で、互いの陣地に立てられた旗を先に奪ったチームが勝ちとなる。特殊部隊員達は全員が完全武装だが、携帯するサブマシンガンは実銃ではなく、殺傷能力のないレーザー銃だ。特殊部隊員達には、胸元に三箇所、頭部に一箇所のセンサーが取りつけられている。そこにレーザーが命中した者は死亡したと見なされ、その時点で脱落となる。

キリングヴィレッジへ派遣された者達はみなが各国で選抜された精鋭達だ。真剣勝負の場で、たった四箇所しかない的に銃撃を受ける者などほとんどいなかった。そうなると、両チームの雌雄を決するポイントは、個人同士の接近戦になる。

そこで行われたのは特殊部隊員になるための養成プログラムではなく、最強の奇襲部隊員になるための訓練だった。嚙みつき、目潰し、金的攻撃などの、実際の戦闘下であり得る容赦のない攻撃も暗黙のうちに容認されていた。また、コンバットナイフなどでの攻防も展開される。

別のプログラムでの犠牲者とも合わせると、この地での特別実戦訓練による再起不能者や死者は、毎回一人や二人では済まない人数が記録された。

訓練期間の最後の一ヶ月の間、迷彩柄の戦闘服に身を包んだ中田は、上官の川村ともう一人の同僚とチームを組み、延々とゲームを行った。

中田は、海外の特殊部隊員に比べて極端に背が低かったが、自らの格闘能力には強い自信を持っていた。警察学校時代には柔道と逮捕術を修め、正式な特殊部隊員となってからも、陸上自衛隊の特殊作戦群や海上自衛隊の特別警備隊とも内容の一部を共有している、相手の急所を巧みに突く秘密の格闘術や、ソ連で開発されたコンバットサンボなどの訓練を受け続けてきたからだ。

中田は、鍛え上げられた者同士による接近しての格闘において、低身長な方が圧倒的に不利なわけではないことを肌身で感じていた。筋力や体重が拮抗(きっこう)していれば、なおのこと身長差による有利不利はなくなっていき、格闘センスや、スピード、闘争心など、戦士としての純粋な要素が勝敗を左右するのだと。

何よりも相手との距離が重要なのだと、中田は悟っている。手足が長い高身長の者は、殴ったり蹴ったり、あるいは相手を押し倒したりするためにも、ある程度離れた距離を必要とする。逆に手足の短い低身長の者は、効果的な攻撃を決めるためには素早く相手の懐に飛び込み、近い距離で戦わなければならない。局地における格闘による戦闘では、自分の距離で戦い続けた方が勝利する。

中田は、フラッグゲームが開始された直後から圧倒的なパフォーマンスを見せつけた。相手に遭遇すると、尋常ではないスピードで懐に潜り込み、組み倒して馬乗りになった。そして、大分背が高い相手の、下から突き上げてくる長い両手を器用に捌き(さば)ながら、そのうちの片手をタイミングよく自分の両腕で絡め取り、そのまま絶妙に、その時々によって、様々な方向と角度でねじ曲げていった。

意地を張ってゲームを下りない相手の腕をそのまま折ったり、腕を極めたまま相手の顔面を激しく何度も頭突きで攻撃し、鼻を折りながら失神させたりもした。中田に打ち負かされた者達は何人もいる。その中の何人かには、すでに絶命していると強く疑われた者もいた。犠牲者達は連絡を受けた人間が素早く担架で運び去り、その後の容体や安否などの詳細な情報は一切誰にも伝えられなかった。

——その時も、中田は順調に相手のエリアへ進んだ。

（この辺りに敵がいるかも知れない）と漠然とした気配を感じた時だった。

二メートルほど離れた、左斜め前方の大木の根元の落ち葉の山が弾け散り、突然、男が出現した。白人で、身長が百八十センチをゆうに超え、プロレスラーのように体格がよかった。

男は、始めからレーザー銃による撃ち合いを拒否しているようで、サブマシンガンを背後に回したまま、ボクサーのような構えになった。

相手の意図を察した中田も、前方に構えたサブマシンガンをストラップごと背後に回し、がに股に近かったスタンスから、フットワークをよくするために空手の左三戦（サンチン）立ちのような姿勢をとる。

「You are the "crazy arm breaker", aren't you? Nick, Palmer and Tom were all beaten by you」

男は、「お前が、いかれた腕折り野郎か？　ニックも、パーマーも、トムも、みなお前にやられたんだ」と怒りを込めた様子でつぶやいた。

「Oh yes. Now I'll do the same to you, too」

中田は、「ああそうだ。お前も、今から同じようにしてやる」と口元を緩ませながら英語で答える。

少しの間、互いにけん制し合い、大きな動きはなかった。やがて隙をついた中田が相手の懐に飛び込むと、そのまま足を掛けて押し倒し、男の左腕の肘付近を右の太股から膝の辺りで挟み込むようにして、馬乗りになった。

そしていつも通り、下から必死に反撃してくる右腕を両手で絡め取り、相手の背中の方へとひねっていく。

「I'll break your right arm now」

中田はピエロのような笑顔を上から相手の顔に近づけると、「今からお前の右腕をへし折ってやる」と嗜虐的に告げた。

しかし男は、表情を歪めながらも、合間に、どこか不敵な笑みを浮かべている。

中田はただの強がりだと気に留めなかった。そのまま容赦なく相手の右腕をねじ曲げていき、肘をあり得ない角度に変形させる。

(折った)

中田は優越感に浸った。

しかし、腕を折られたはずの男は、相変わらず不敵な笑みを浮かべたまま下から中田をにらみつけている。

相手が無痛症ではないかと、中田は疑った。しかしすぐに、押し倒した相手の苦しそうな表情から、その考えが違うことに気付く。

「Jap, just devote yourself to making home appliances and animations」

男は右腕をあらぬ方向にねじ曲げられたまま、「ジャップは、黙って家電やアニメを作っていればいいんだ」と下から挑戦的に囁いた。

　それから男は、不自由な体勢下で、左手でカーゴパンツの左太股のポケットを探ると、中から折り畳みナイフを取り出して器用に刃を開いた。そして、隙をついて中田の右の鼠蹊部の辺りに深く突き刺した。

　突然の激痛に、中田は言葉を失う。なぜ、右腕を完全に粉砕された相手が自分に反撃できるのか、理解に苦しんだ。

「I'll cut your testicles into pieces」

　男は「お前の玉を切り刻んでやる」と告げると、深く突き刺したままのナイフを、さらに中田の右の睾丸の辺りまで動かしていった。下からの、肉の内側を深く切り裂くような攻撃だったため、前方からの攻撃に備えて装着しているファウルカップは意味を成さなかった。

「がっ」

　中田は一言だけ声を漏らし、必死に激痛に耐えた。男がどうして反撃可能なのかが分からないまま、本能だけで、極めている相手の右腕を離さないでいた。

　両者の状態は膠着している。

　このまま体勢を維持するのは不可能だと、中田は自覚した。下腹部から出血が続けば体力は低下し、体温は下がり、やがて意識を失うだろう。少しでも自分が力を抜けば、男はさらに下からナイフで攻撃を続けてくる。

その時、死に体のまま途方に暮れた中田の上方に、分厚い人影が現れた。それは、顔に野戦用のペイントを施していた川村だった。

「どうした？　早く仕留めろ。何をもたついている？　お前らしくないぞ」

川村は、すぐには救出に向かう素振りは見せず、膠着状態の部下を仁王立ちのまま冷たく見下ろしている。

「完全に右腕を極めたはずなのに、効かないらしい」

中田が必死に伝えても、川村は硬い表情で立ち尽くしたままだった。

「下から玉を切られちまった」

苦痛で歪みきった顔で中田が必死に言うと、ようやく川村は両者のすぐそばまで歩み寄った。部下が不利な状況だと悟ると、相手の口元を上から右の掌（てのひら）で塞ぎ、中田が極めている腕を観察した。

「通常ならば、この角度では完全に折れているが、恐らくこの男は、関節が異常に柔らかいんだ。子供や女にはよく見られることだが、ここまで体格のいい成人した男では、稀（まれ）なことだ」

もしも、現在の膠着状態が中田本人の単純なミスによって引き起こされていたのなら、川村は手助けをせずにそのまま立ち去っていただろう。実銃を用いない実戦訓練でこの程度のできならば、実際の戦闘での活躍は望めないと判断して。

しかし今回は、中田は滅多にない不運に見舞われたのだと判断したようだ。

川村は中田の上体を押しのけると、入れ替わるようにして男に馬乗りになった。

「I'll scoop out your eyeballs」

男は「お前の目玉をえぐってやる」と叫びながら、下からナイフを突き上げる。

それでも、一定の時間、中田の体重が掛かっていたことでしびれているのか、動きは緩慢だった。

川村は相手の左手首を両手でつかむと、続けざまに二回、地面へ叩きつける。

血染めのナイフが離されると、素早く男を引き起こして背後につき、自分の左腕を相手の頸動脈（けいどうみゃく）に深く食い込ませながら右手を添えて首を締め上げ、同時に右の掌でそのまま口と鼻も塞（ふさ）いだ。

「ン、ウ」

男はしばらくの間、川村の掌の間から苦悶の声を漏らしながら、抵抗を続けた。

激痛に顔を歪めながら中田は、何とかタクティカルベストの中から痛み止めのアンプルと注射器の入った小型ケースを取り出し、セットし、自分の右の太股に突き刺した。

やがて、川村に首を絞め続けられた男は、涙を滲（にじ）ませた両目を開けたまま、動かなくなった。

人心地がついた中田は、近くの大木にもたれるようにして放置された男の方へ、四つん這いの姿勢で進んでいった。

「この野郎」

中田は動かなくなった男の顔面を右の拳で思い切り強打した。

男の体は木の幹から倒れて地面に仰向けになったが、中田は構わずに上から激しく拳を振り下ろし続ける。

すでに息絶えた男の顔面を殴り続けながら、中田は幼い頃の情景を思い出した。何も悪いことをしていない自分に向かって「お前のせいだ」と怒鳴りながら激しく平手打ちを続ける、もはやはっきりとは顔を思い出せない父親の様子だった。

男の顔面は、血で赤く染まり、左側が陥没し、醜く変形した。

「よせ。こいつは、とっくに死んでいる」

川村が、激しく歪んだ形相で拳を振り下ろし続ける中田の右腕をつかみ、止めた。

「さっきは、助かった。あんたのおかげだ」

我に返った中田が礼を述べる。

「礼はいい。だが、よく覚えておけ。我々は、不幸中の不幸だけは何としても避けなければならない。確かに、お前が遭遇したこの男は規格外で、それは不運なことだ。

それでも、そういった不運や、遭遇した様々な突発的な事態に、対処できずに死んでいったのでは、我々は仕事にならないんだ」

その後、中田は訓練施設内で傷の処置を受け、施設の外でも専門的な手術を受けた。二つの睾丸はそれぞれ歪（いびつ）な形状になってしまい、排尿には問題がなかったが、一切の性的機能を喪失した。しかし、元から泥のような苦痛にまみれている中田は、気に病むことはなかった。

遠い日の回想から目覚めた中田の眼前では、相変わらず候補者達が果てしのない過酷な連続組み手を行っている。

中田の右隣では、上官の川村が腕組みをしたまま格闘に見入っていた。

（――俺は、この男の言うことだけは聞かなければならない）

中田はその横顔を一瞥し、強く噛みしめた。

生まれてくる時代、場所、容姿、健康、資質、運気――人間には、選択できる重要な要素などほとんどない。確実に自分の思う通りに選択できることなど、実は、朝食を白米にするかパンにするかといったレベルのものでしかないのかも知れなかった。人々は、あまりにも格差が大きなそれぞれの範囲の中でしか生きていくことはできず、その中から何かを仕方なく選び取っていくしかない。

そういった現実の中で、川村は、中田が確実に生きていける道を指し示してくれた男だった。不適合者の中田が、一般社会で、暴発せず、落伍せずに生きていくことは不可能だった。川村はそんな彼に、娑婆と同様に不快と苦痛に満ちてはいたが、娑婆とは違って誇り高く生きていける世界を提供した。さらに川村は、遠い夏の日に、戦場で中田の命を救ったのだ。

心なき者の中田には、胸中に深い情のようなものは存在しない。ただただ氷のような合理的な判断で、川村への忠誠を強く噛みしめたまでだった。

*

青空には羽毛をちりばめたような雲が広がっている。

五月二十五日、この日も朝から捜査本部で会議が開かれた。

今日の会議が通常の報告事項を羅列するだけに留まるであろうことが、谷垣には予め分かっている。捜査本部の〝犯人達は薬害の被害者達だ〟という推測は、当たっている可能性が低いことを前方にいる幹部達に伝えたのは、当の谷垣なのだ。

会議では改めて、事件の推移、解明のために重要だと思われるポイント、捜査員によるこれまでの主な活動の詳細などを、久松署の署長である瀬山が説明している。

その後、刑事課長の丸橋が壇上に立ち、

「なお、先日我々が推測した、犯人達は薬害と深い関わりがあるといった見解だが、その線は最優先事項ではなくなったことをここに報告します」

と断言した。

谷垣は集中した。

彼らは厚生労働省に多大な恨みを抱いている——

彼らは言う。『我々も、短い命を刻んでいる』と。

事件の夜、女は叫んだ。『自分達は長い間惨状を訴え続けてきた』、『厚生労働省は何一つ問題を解決してくれなかった』と。

そして、女は末期の卵巣ガン患者だった。体内からは、罹患していないカポジ肉腫の治療薬である、ケミレルという薬が検出された。

(ケミレル、ケミレル、ケミレル、ケミレル)

気付かぬうちに谷垣は、薬品名を反芻し続けている。

(——申請したけど、承認されなかった)

国際展示場にまつわるスポットニュースが、谷垣の脳裏をよぎった。

続けざまに、中国ではペットのクローンビジネスが承認されていると書かれた、夕刊記事を思い出す。

すると、ようやく悟ったのだ。過去にメディアでケミレルという名称を見聞きしたことがあったのだと――

それから谷垣は、無数の記憶の箱を次々と探っていった。

必死に目当ての箱を探り当て、中身を確認した谷垣は、やっとその意味に気がついた。なぜ、卵巣ガンだった女が、カポジ肉腫の治療薬であるケミレルを服用していたのかということに。

事件の概要をつかみかけた谷垣だったが、爽快感はなかった。ただ、冷たさだけが背筋を覆った。

右側の最前列に座っていた谷垣が、無言で立ち上がる。

少しの間、誰も気がつかなかった。

「どうしたのかね？」

丸橋が、怪訝（けげん）な表情で問い掛ける。

「薬害ではなく、《ドラッグ・ラグ》です」

「えっ？　何かね？」

要領を得ない丸橋に対し、谷垣は姿勢を正し、語気を強めた。

「ドラッグ・ラグです。彼らの背景にあるのは、ドラッグ・ラグの問題ですよ。犯人達は、薬害ではなく、ドラッグ・ラグの被害者です」

谷垣は、日本刷新党と名乗っている彼らが、ドラッグ・ラグの被害者である可能性が高いということ、その理由を、可能な限り端的に説明した。

　厚生労働省の解体を要求し、関連団体の職員を人質にしたことから、彼らが厚生労働省に対して強い恨みを抱いていることは明白だ。

　最初の事件の被疑者である少年からも、第二の事件の被疑者である女からも、医療用の覚醒剤、抗うつ薬、本人が抱えているものとは異なる病気の治療薬など、複数の不可解な薬品成分が検出されている。従って、犯人達が何らかの理由で薬と強い関わりがあることが推測された。

　さらに、女は突然死の直前に『長い間惨状を訴え続けてきた』と口にしており、脅迫状の中に〝我々も、短い命を刻んでいる〟とあったことは、彼らが命の危機に脅かされていたことを示している。

　そして谷垣が、彼らがドラッグ・ラグの被害者である可能性が高いという結論に至った最大の根拠が、女から検出されたケミレルという薬だった。その薬品名を、谷垣は過去に何度か、新聞報道の小さな記事で目にしたのだった。

『ケミレルは卵巣ガンの治療に効果的だが、審査官不足で承認が進まない《審査ラグ》が申請から十年近く起きている――』

　スポットニュースにあった国際展示場に関するニュースと、夕刊記事に掲載された中国のクローンビジネスに共通する〝承認〟という言葉――そこから谷垣は、なんとか過去の記憶を探り出すことに成功し、犯人達がドラッグ・ラグの被害者だという確信に至ったのだ。

「これから我々は、早急にドラッグ・ラグの概要について調査を進めることにします。日本刷新党なる犯人グループがその被害者である可能性は高いですが、万が一ということもあります。よって現時点におきましては、ドラッグ・ラグという言葉を、決して外部に漏らさぬようお願いいたします」

最後に丸橋が念押しした。

捜査本部は谷垣の推測を尊重した。

早速、ドラッグ・ラグの概要と、卵巣ガンのドラッグ・ラグについて、詳細な調査が始まった。

すぐに、ドラッグ・ラグには二つのパターンがあることが判明する。

一つ目は、効果的な薬を、製薬会社が費用対効果の面で利益が薄いために、わざと申請をしないことが原因で引き起こされる《申請ラグ》だ。

二つ目は、申請してから審査が終わるまでの期間が長く結果的に中々承認されない、《審査ラグ》というものだ。

両者の問題は長期にわたり続いている。現在では特に、五大ガン以外の、患者数が少ない希少ガンに対する薬の承認が遅れている。

そして、複数の薬が卵巣ガンにおけるドラッグ・ラグになっていることも判明した。第二の事件の被疑者の体内から検出されたケミレルは、日本ではカポジ肉腫の治療薬としては二〇〇七年の一月に承認された。しかし、卵巣ガンに対しては、約十年の審査ラグが起きている。また、肺ガンなどではすでに承認されている《ベルロシル》という薬も、卵巣ガンに対しては十年以上の審査ラグが起きている。

いずれの薬品も卵巣ガンに対する治療効果は高いとされており、患者達からは切実な早期承認を望む声が上がっている。しかし日本では、ほかの病気ですでに承認されている薬でも、適応症ごとの承認が新たに必要なため、卵巣ガンなど患者数が少ない病気に対する新薬や未承認薬に対しては、申請と承認自体がなかなかなされないのだ。


捜査本部をあとにした谷垣は、今度は特別対策本部の会議に出席するために、数人の同僚とともに車で警視庁へと戻った。

警視庁での特別対策会議は、谷垣が到達した〝犯人はドラッグ・ラグの被害者達だ〟という推測とは別の手掛かりにより、開始と同時に白熱した。

「つい先ほど、ファインベルクバウ603の紛失情報が我々のもとへ届いた」

前方の特殊班専任管理官の高田が、険しい表情で室内の者達に報告する。

「通報を受けた埼玉県警によると、川越市にある射撃場《Ｌｉｇｈｔｓ》の共同オーナーの一人が、当該射撃場のロッカーに保管していた三丁のファインベルクバウ６０３が紛失していることに気付いたという。なお、通報したオーナーによると、その三丁の銃はいずれももう一人の共同経営者、パートナーのものであり、黙って見過ごすことはできず、警察に通報したとのことである。従って、持ち主の男はまだ通報されたことを知らないと思われる。とにかく、我々は一刻も早く男のところへ赴き、事情を聞かなければならない」

新たな展開を迎え、室内は一気に張りつめた空気に包まれた。

「本会議は、これで閉会とする。あとの諸君は、引き続きそれぞれの仕事に戻るように。以上」

高田管理官が谷垣と彼の直属の部下である大口を呼び、二人に対して説明を始める。

「今から、君達二人に任務を与える。死亡した二人の被疑者が手にしていた銃の持ち主は、埼玉県川越市に住む、《木内太助（きうちたすけ）、六十二歳。男性》の可能性が高い。早急に二人で現地へ赴き、今回の事件について男が知っている情報を残さず聞き出してきてくれ。相手の所轄には、すでに仁義を通してある。向こうへ着けば、係の者が同行してくれるだろう。必要が生じた場合は、速やかに身柄を確保すること。頼んだぞ」

男の住所と簡易経歴が書かれた用紙を、高田管理官は谷垣に手渡した。

「了解」

谷垣達は急いで部屋をあとにした。

銃が三丁紛失しているという事実が、谷垣の胸に重くのしかかる。当局が押収した二丁の銃が木内という男のものならば、残りの一丁がまだ闇に紛れたままなのだ。

駐車場に向かう途中、誰かが谷垣を呼び止めた。

「谷垣さん」

以前会った時と同じ格好をした、記者クラブの竹林だった。史上最悪の通り魔事件の熱が冷め、厚生労働省の解体を要求する連続拉致立て籠もりテロ事件に対する報道は、日増しに過熱している。何しろ、最初の事件の被疑者が身元不明の少年で、警察によって射殺され、第二の事件の被疑者は同じく身元不明の若い女で、こちらは捜査陣の目の前で突然死したのだ。犯人達が何かと問題が多い厚生労働省をターゲットにしていることもあり、世間は一連の異常な事件に釘づけになっている。

竹林を一瞥した谷垣は眉をひそめ、「すぐに行く。車を出しておいてくれ」と大口を促した。

先日と同じく、二人で階段の踊り場の隅に移る。

「谷垣さん、今日も久松署で捜査会議があったでしょう？　ここでも特別対策会議があったんですか?」

「ええ、そうです。ねえ、竹林さん。申し訳ないが、今は緊急事態なんだ」

「そうですか。でも谷垣さん、少しだけ。ね。私とあなたの仲じゃないですか」

竹林はわざとらしく微笑んだ。

「なあ、竹林さん。いい加減にしてくれ。時と場所を踏まえないで強引に説明を求めてくるのは、あなた方マスコミの悪いところだ」

いらついた谷垣は思わず語気を荒らげた。

しかし、不敵な笑みを浮かべた竹林もあとには引かなかった。

「一体、何を聞きたいんですか?」

「もちろん、今回の事件の背景についてです。二番目の犯人は身元不明の若い女で、しかも、あなた方の目の前で急死したのでしょう?」

「発表の通りです」

「谷垣さん。長年記者をやっている私の勘ですけど、もうそろそろ何か、厚生労働省の解体を要求したテロ事件の背景が分かってきたのではありませんか?」

「それは――」

「やはり、解明されつつあるのですね。ねえ、谷垣さん。教えて下さいよ」

食い入るように見上げてくる相手の目を、谷垣は見詰めた。

「何も私は、単にスクープが欲しいだけではないんだ。私も信念を持ってこの仕事をしている。決して、自分や、自分の会社のためだけに、真実が知りたいわけじゃない」

「信念、ですか」

谷垣は真顔で力説した竹林の思いが真っ当であることを信じつつあった。

「だから、谷垣さん。教えて下さいよ。今はまだ発表するべきではないと判断したら、一切記事にはしませんから」

（――どうすべきか）

どこか世捨て人のような風情を漂わせている竹林だったが、何度も顔を合わせて話をしているうちに、奥底には確固たる正義感を抱いていると感じるようになっていた。

（――試してみるか）

捜査本部から極秘事項だと告げられたばかりだったが、谷垣はキーワードだけ伝えることにした。竹林は何かの時に使えるかも知れないという、淡い下心とともに。

谷垣はそっと耳元に近づいた。

「これは、あくまでも現段階の推測で、まだ完全に裏を取ったわけではありません」

「ああ、承知した」

「犯人は、恐らくドラッグ・ラグの被害者達です。今はまだ、それしか言えません」

「ドラッグ・ラグ。そうか。その言葉を聞いて、ようやくあの脅迫状に書かれている最後の一文の意味が分かりましたよ。だから一貫して、厚生労働省の関連団体の職員達が狙われたのか」

踊り場の隅で納得している様子の竹林を残し、谷垣は駐車場へと急いだ。

＊

国産の黒い覆面のセダンに乗り込み、谷垣と大口は埼玉県へ向かった。

運転席では大口が無言のままハンドルを握っている。

隣で谷垣は、木内太助の簡易経歴書を改めて眺めた。そこには、かつて木内が何度もエアライフル競技で国体に出場したことが記されている。立射六十発競技でかなりの成績を残してきたらしい。

次に谷垣は、厚生労働省へ二番目に送付された脅迫状について考えを巡らせる。消印は、確か埼玉県内のものだったはずだ。

川越署に到着すると、すぐに二人の担当が谷垣と大口を出迎えた。

所轄署の担当者達が前席を占める白い覆面パトカーに乗り換えて、二人は木内の自宅へと向かった。

木内の自宅は古びた平屋だった。

　家の前の車道の端に、車を停める。谷垣と大口は正面玄関へ向かい、残りの二人は裏口へ回った。銃砲刀剣類所持等取締法違反の被疑者である可能性が高い木内の、万が一の逃走に備えてのことだ。

「こんにちは。木内さん、すみません」

　谷垣がチャイムを押し、努めて平静を装った明るい声を出す。

　玄関へ向かってくる人の気配がして、引き戸が開く。肌着姿の男が出てきた。

「木内さんですね。エアライフル競技で国体に出場されたこともある、木内太助さん」

「ああ」

　荒々しい口調で、木内が返事をする。頭髪を短く刈り上げており、身長が谷垣と同じ位あった。格好こそ冴えなかったが、細身の筋肉質で、日に焼けた顔と肌をしており、年齢を感じさせない男だった。

「我々は警察の者です。少し、お話を聞かせていただきたいのですが」

　谷垣と大口は揃って警察手帳を取り出し、写真とＩＤを相手に見せた。

　木内は軽蔑するように眺めている。

「もちろん、この要請は今の段階では任意です。しかし、もしも拒否されるならば、我々はあなたを監視しながら、早急に、捜索差押許可状並びに身体検査令状などの必要な請求を裁判所に行います。それらはすぐに発行されるでしょう」

「嫌だね。警察は、嫌いなんだ」

「なぜです？」

「講習会や、資格認定申請、所持許可申請と、ライフルをするのに、手続きと書類をいちいち要求するじゃねえか。その都度、高い金までふんだくりやがる。俺は、頭にきてるんだよ」

「仕方ありませんね。我々の本音を言えば、危険な銃砲については、市民の皆様にできるだけ所持してもらいたくないわけですから」

「とにかく、帰ってくれ」

木内が語気を強めた。

谷垣は怯まず、「例の写真を出してくれ」と右横に立つ大口に指示する。

「どうぞ」

懐から四枚のL版写真を取り出し、大口が手渡した。

「木内さん。こちらの写真を見ていただけますか」

谷垣は一枚ずつ、相手の眼前に写真を突きつけていく。それらには二人の被疑者の遺体が写っている。身元確認のため、持参したものだ。

「あっ、ああ」

木内の表情が先ほどまでとは一変した。口を半開きにしたまま、体を震わせている。

「この二人を知っているのですね。それでは、これからしっかりと、話を聞かせてもらいます」

観念したように、

「仕方ない。入ってくれ」

と、青ざめた顔の木内が答える。

二人は居間へ通された。

谷垣は、座卓の周囲に六つあった平らな紫の座布団の、一つに正座をした。左隣で、大口も正座をする。

八畳ほどの室内を谷垣は見渡した。向かいの棚や右側の床の間には多くのトロフィーが置かれている。

四枚の写真を、谷垣は改めて木内の前に差し出した。顔の向きを変えた少年の遺体の写真が二枚と、残りは若い女の写真だ。スキンヘッドのものと、ウイッグを被ったもの、一枚ずつある。

「では、木内さん。早速ですが、この人達のことをご存じでしょうか?」

谷垣が、相手の表情を注意深く確認しながら、穏やかに聞いた。

「最初の、若い男の方は誰だか知らない。見たことがあるだけだ。だけど――」

木内は、座卓の上から一枚の若い女の遺体の写真を取り上げると、言葉を詰まらせた。

「だけど、何ですか？」

何かを躊躇している素振りを見せた木内に、谷垣が上半身を乗り出して迫った。

「この若い女の方は、知っている。彼女は、俺の姪だよ。まさか、こんな姿になっていたなんて――」

「厚生労働省の解体を要求している連続テロ事件は、報道などでご存じと思います。彼女は、その犯人の一人です。本当にあなたの姪なのですね？」

「ああ、間違いない。名前は《美原優》で、年は、確か二十八か二十九だったと思う。妹の一人娘だ」

「彼女の、住所はどこですか？」

「都内だ。練馬区だよ」

うなだれた木内が小声で口にすると、大口が無表情のまま内容をメモし始める。

「木内さん、今から、あなたが知っていることを、漏らさずに、順を追って一つずつ話して下さい。いいですね」

谷垣が表情を強張らせ、強い口調で告げた。

「名前や住所ならともかく、込み入った事情は――」

うつむいたまま、木内が言葉を濁す。

犯罪者へと堕ちてしまった身内を恥だと思っているのか、それとも、死者の名誉を少しでも守ろうとしているのか、谷垣には判断がつかなかった。

それでも、事件解明のためには木内の証言がどうしても必要だった。

「木内さん。今回の一連のテロ事件では、すでに、最初の事件の被疑者である少年と、美原優さんの二人が、亡くなっています。あなたからお話を聞くことができなければ、さらに死者が増えるかも知れません。あなたは、それでも黙秘するのですか?」

少しののち、意を決したように木内が「分かった」と口にし、顔を上げた。

「あのこは、優は、凄く可哀想だったよ。成人するかしないかの頃に卵巣ガンに罹って、必死に治療を続けたみたいだが、年々悪くなっていったらしい。そして、とうとう末期にまで進行してしまったそうだ」

木内が姪について卵巣ガンを患っていたと話したことを、谷垣は重く受け止めた。二番目の事件の被疑者は美原優という人物である可能性が高いだろうと考えた。

「そして、あのこの家族も、俺の妹であるあのこの母親も、とても可哀想だった。優が病気になってから、生活が一変してしまったんだ。治療と看病とで、精神的にも肉体的にも、経済的にも追い詰められたんだよ。妹夫婦は喧嘩が絶えなくなって離婚した。最後まで献身的に看病を続けてきたあのこの母親も、最後は疲れすぎて死んでしまった」

木内の語った美原家の背景は、谷垣には想像に難くなかった。もしも奈菜が同じ病気に罹ったならば、きっと自分も、妻も、卒倒してしまうだろうと思った。

「妹は、何度も悲痛な声で助けを求めてきた。それは主に経済的な援助の申し出だった」

そこまで言うと、木内は小さく溜息をついて右手で顔を拭った。

「けれど、何もしてやらなかった。俺には俺の、自分で決めた道があったからな。俺は、結婚もせずに自分の道に邁進し、金も、全て注ぎこんできた」

「あなたの決めた道とは、射撃、エアライフル競技のことですね?」

改めて周囲のトロフィーを見渡しながら、谷垣が問いただす。

「そうだ。それでも、確か二、三ヶ月前だったか、久し振りにやってきたあのこを見た時に、俺は愕然とし、後悔した。優は、前よりもやせていて、悲壮感が漂っていた。被っていた帽子を取ったら、今見せられた片方の写真の通りで、髪が全てなくなっていた。その時に初めて、俺にできることがあったんじゃないかって、悔やんだよ」

「それで？」

「あのこは何かを決意しているようで、正直、恐かった。『仲間達と大事なことをするために、どうしても銃を三丁貸して』と言われて、逆らえなかった」

「写真の少年も一緒だったんですか？」

「そうだ。でも、一切名乗らなかったから、素性は知らない。本当だ」

谷垣は木内を仔細に観察した。視線は定まっているし、落ち着いている。

「それから、どうしたんですか？」

「優は、『おじさんには迷惑は掛けない』と言った。けど俺は、あのこが何かとんでもないことをしようとしていることは、分かっていたんだ」

木内の目尻にはうっすらと涙が滲んでいる。

谷垣は、ほんの少しも感情に流されぬようにし、質問を続けた。

「木内さん。彼女がなぜ、厚生労働省に対して強い恨みを抱き、今回の凶行に及んだのか、その理由を知っていますか？」

「さあ。でも生前妹が、『卵巣ガンに有効な薬があるのに、それが使えない』と、俺には意味が分からないが、よくこぼしていたよ」

木内の言葉に、谷垣は自分の推測が的を射ていることを改めて確信した。

「今回の犯行ですが、優さんは仲間達と計画を企てています。未だ身元不明の、最初の事件の犯人である死亡した少年も、その一人だと思われます。彼らのことや、優さんと関わりがあった団体など、何か見当がつきませんか？」

「いや、全く。本当だ。今更、嘘はつかないよ」

「そうですか。それでは、彼女と日頃から親しかった人や、母親以外に彼女を親身になって支えた人などを、どなたか知りませんか？」

少しの間逡巡した様子を見せると、木内はおもむろに顔を上げた。

「そうだ」

「どんな些細なことでも構いません」

「生前に妹がよく言っていたんだが、掛かりつけの病院の主治医とは別に、『とてもよくしてくれる先生がいる』と言っていたよ」

「それは、誰です？ なんという医師ですか？」

「あれは、確か——そうだ、《金子》だ。色々な病院の紹介や、保険などの様々な手続き、生活の細々としたことまでアドバイスをしてくれると言っていた。自分の夫や俺よりも、よほど頼りになるって言っていたよ」

「金子という医師ですね。もう少し、詳しくその人について教えて下さい。どこに住んでいるとか、何科の医師なのかとか、覚えていることを全て」

谷垣に促されると、木内は細切れの情報を伝えていった。それらを一つ残さず、大口が無言のままメモした。

一通り聴取が終わると、谷垣が険しい表情で木内を見据える。

「木内さん。我々は、あなたを逮捕しなければなりません。あなたの姪の優さんが、悲劇的な状況にあったことは理解できます。しかし、あなたは間違ったことをした。あなたは、銃を渡すべきではなかった。しかも、三丁も」

「分かってる」

「そのうちの二丁を我々はすでに押収しましたが、残りの一丁は未だに行方不明のままです。三丁とも、ファインベルクバウ603で間違いありませんね？」

「製造年や細部は微妙に異なるが、同じモデルだ」

「そうですか。では、これから我々と同行願います」

木内は、傍らに転がっている紺色のスエットシャツを着ると、無言のまま立ち上がった。

すかさず、谷垣と大口が前後を挟む。

谷垣を先頭に、三人は外へ向かった。


車内から、谷垣は自分達が得た情報を特別対策本部へ連絡した。

久松署に到着し、木内の身柄を係の者に引き渡すと、二人は捜査本部へ向かった。

木内は、生前の美原親子が頼りにした金子という医師について、『開業して仕事をしていることは確かだ』と言った。

捜査本部では、その情報を元に、金子医師の割り出しに着手した。

＊

濃い目に淹れられたコーヒーの苦みが口中に広がる。

五月二十七日、食卓で朝刊に目を通した谷垣は眉間にしわを寄せた。

「あの男、やっぱり——」

半ば予想していたことだが、それでも声が出てしまう。

「パパー、どうしたの？」

愛娘の奈菜が無邪気に問い掛けても、谷垣は一切無視した。

朝刊の一面には、大きく次のような見出しが躍っている。

〝厚生労働省連続テロ事件、犯人はドラッグ・ラグの被害者か〟

記事には、見出しと、『もしかしたら犯人達は、例えばドラッグ・ラグのような、厚生労働省の薬事行政の歪みによる被害者かも知れない』という締めくくりの一文以外には、ドラッグ・ラグという単語は使われていなかった。

午前の捜査本部の会議では、久松署の署長である瀬山が、普段にも増して大声で話し始めた。

「どこから漏れたのか、今朝の日明新聞にドラッグ・ラグという文言が出てしまった。しかし、幸いにも、詳しい記述は一切なかった。それよりも、ここへきて我々は、ようやく新たな展開を迎えることとなった」

いよいよ捜査が新たな局面に突入したことを受けて、室内には緊張感と静かな熱気が充満している。

瀬山の話が終わると刑事課長の丸橋が壇上に上がり、手元の捜査資料に目を通しながら話を始めた。

「先日、一連の犯行に使用された銃の情報提供がありました。そこから、犯人達に銃を提供した人間が、木内太助、六十二歳、男性であることと、第二の事件で突然死した被疑者の身元が、美原優、二十八歳、女性ということが判明しました」

具体的な事件関係者達の氏名が挙げられると、室内に詰めている捜査員の表情は険しさを増していった。

丸橋が話を続ける。

「しかし我々には、まだ憂慮しなければならない問題がいくつもあります。第一は、美原が入手した三丁の銃のうち、依然として一丁の所在が不明なことです」

谷垣にとっても、それが何よりの懸案事項だった。

「また、最初の事件の被疑者の少年の身元を含めた、犯人グループの全貌が依然として不明なこともあります。木内は、これらの問題解決につながると思われる、ある人物の名前を挙げています。金子という医師で、死亡した美原親子の相談相手だったようです。金子という医師は、ドラッグ・ラグに強い関心を抱き、積極的に何らかの支援を彼らに行っていたことが推測されます。手掛かりは皆無に等しいですが、早急にこの金子という医師を割り出さなければなりません」

散会後、多くの捜査員が金子という医師の割り出しに傾注した。ネット検索の結果、多くの個人病院やクリニックがヒットした。しかし、すぐに対象人物は割り出せなかった。

捜査本部をあとにした谷垣は、報告のため警視庁へと踵を返した。

「谷垣さん」

特別対策本部へ向かう途中、踊り場で背後から声を掛けられた。振り向くと、茶色のスラックスにワイシャツだけの竹林が立っている。

「竹林さん。あなたって人は――」

谷垣は無遠慮に眉をひそめ、顔中に不快感を滲ませた。

すると竹林は、わざとらしく小刻みに頭を下げながら谷垣の袖を軽く引き、隅の方へ誘った。

「怒ってらっしゃるのは、朝刊の見出しのせいですね？　すみませんでした。けれども、見出しと最後の文章の中にドラッグ・ラグという言葉があるだけで、正式に発表された以外の特別な内容は、何も書かれていませんでしたでしょう？」

確かにその通りだと、谷垣は口をつぐまざるを得ない。

「見出しと最後だけとはいえ、オフレコで教えて頂いたドラッグ・ラグというキーワードを紙面に載せてしまったことは、本当に申し訳ないと思っています。今日は、お詫びの品をお持ちしました」

竹林は右脇に挟んでいた青い表紙の分厚いバインダーを谷垣に手渡した。

「何ですか、これは？」

谷垣が中身をざっと確認すると、新聞記事のコピーが延々と綴じられている。

「我が社のデータベースからピックアップした、過去五年間にわたる、ドラッグ・ラグやその周辺を取り上げた記事の全てです。もしかしたら、何かのお役に立てるのではないかと思い、ご用意しました。暇な時にでも、目を通してみてください」

「そうですか。ありがとうございます」

谷垣のささくれ立った心境はやや静まり、素直に頭を下げた。

「喜んで頂けて、私の方も幸いです。では」

飄々とした様子で、竹林はあっと言う間に立ち去っていった。

その日の夜——帰宅した谷垣は、リビングの食卓へノートパソコンを持ち込み、インターネットで過去の記事を検索しながら、竹林から提供された資料の束を一心不乱に精読した。書斎のデスクは散らかっていて、集中できそうになかったからだ。できるだけ家庭に仕事を持ち込みたくないと考えている谷垣だったが、今回は仕方がなかった。話し掛けてくる奈菜や妻の美樹に対して適当に返事をして、可能な限り集中して資料に目を通し続ける。

入浴中の奈菜の様子を確認し、再びリビングに戻ってきた美樹は、相変わらず鬼気迫る表情で資料を読み続けている谷垣を心配したのか、顔を近づけて耳元で囁いた。

「ねえ、あなた。そんなに根を詰めて、大丈夫?」

「ああ、大丈夫だ」

唐突な石けんの香りとともに思考を遮られた谷垣は、資料から一旦目を離し、左を向いて美樹の顔を間近で見つめた。久し振りに凝視した妻の顔が、随分と若々しく見えた。思い起こすと、最近は忙しさにかまけて、妻の顔をしっかりと見ていないことに気づいた。

「体だけは、気をつけてね。あなた一人の体じゃないんだから。後ろには、私も、奈菜だっているんだから」

「分かってる。ありがとう」

にっこりと笑うと、美樹はキッチンへ戻っていき、洗い物を始めた。

（――俺は、幸せだ）

谷垣の胸が温かくなる。

少し前に妻の横顔を見て（老けたな）と思ってしまった自分を恥じた。美樹の美しさも、優しさも、何一つ変わってはいなかった。そう感じてしまったのは、日々のハードワークで心身を擦り減らし、疲労し、感性までもが鈍っていたからに違いないのだと思い直す。

（やはり、美樹と奈菜こそが砦だ）

ここへ帰ってこられるから、日々二人の笑顔に接することができるから、どんなに陰惨な事件と向き合うことになっても正気を保っていられるのだ。

（――だからこそ私は、人間の持つ愛情も、正義も、胸を張って信奉できる）

そんな思いを噛み締めると、谷垣はすぐに手元の資料に意識を戻し、精読を再開した。

奈菜と美樹が就寝し、深夜になってからも、谷垣は丹念に資料を読み進めていく。

このままのペースでは、朝までに金子という医師に関する手掛かりをつかむことは難しいかも知れないと考えた。

それでも谷垣は、相変わらず可能な限り注意深く、丁寧に、過去の新聞記事のコピーに目を通していった。今まで読んできた記事の中に全く見落としがないかと問われれば、完全にないとは言いきれない。連日の激務で疲れていて、注意力が散漫になっているかも知れなかったからだ。

しかし、谷垣の神経は鈍ってはいなかった。

約一年半前の記事の中に、ようやく目当ての名前を見つけたのだ。

興奮した谷垣は、胸の中心がむず痒くなるような感覚を覚えた。

小さく深呼吸をすると、落ち着いて、もう一度最初から目を通していく。

《時代の処方箋　ドラッグ・ラグについて

金子クリニック代表　金子壮介（五十二歳）

——今回は、我が国の薬事行政の中でも、近年特に問題視されているドラッグ・ラグについて金子医師にお話をお聞きしたいと思います。

金子医師は、ドラッグ・ラグの周知徹底と問題解決のために結成されたＮＰＯ法人《ＮＤＬ》（ノー・ドラッグ・ラグ）の特別顧問でいらっしゃいます。

金子さん、本日はよろしくお願いいたします。

(金子)「こちらこそ、よろしくお願いします」

――では、最初にお伺いしたいのですが、ドラッグ・ラグの中で、我々が注目しなければならない一番重要なポイントはどういったものでしょうか?

(金子)「まずは、報道関係者の方々も含めて、多くの皆様が勘違いされているポイントがございます」

――と、いいますと?

(金子)「ドラッグ・ラグと聞けば、真っ先にみなさんは、新薬の承認が人手不足で遅れていて、助かるかも知れない命が助からない現状のことを指すと想像されることでしょう」

――確かにそうですが、違うのですか?

(金子)「そういうケースも、もちろん多々あります。しかし、我々が主に問題視しているのは、海外で新たに開発され、日本国内で治験の流れに乗ったことのない新薬に対するドラッグ・ラグについてではありません。我々が主に問題視しているのは、そういった新薬ではなく、もうすでにある薬に対するドラッグ・ラグなのです」

――もうすでにある薬、ですか。

(金子)「ええ。そう言うと、不自然な感じに聞こえ、意味が分からない方々も多いと思います」

――確かに、そうですね。もうすでにある薬ならば、問題なく使えて、ドラッグ・ラグなど起きようがないのではありませんか？

（金子）「ところが、そうではないのです。日本では、医薬品は適応症ごとの承認が必要という事情があります。例えば、臨床試験をクリアしてきた、Aという病気に有効な薬があったとします。そしてその後、この薬がBという病気にも非常に有効であることが判明したとします。しかし、そういった事実が判明しても、簡単な検査だけではこの薬をBの病気に使用することは許されないのです。また一から、Bという病気に対する治験を開始しなければならないのです」

――そうなりますと、Bの病気を抱えている患者さん達は、辛い状況に置かれますよね。入院している病院内にも保管されている、自分の病気が治るかも知れない薬を、ただ指をくわえてじっと眺めることしかできないのですから。

（金子）「その通りなのです。だからこそ我々は、このドラッグ・ラグという問題を、早急に解決しなければならないと思っております。薬品の審査と治験に関する法律を改正し、国や各省庁の無駄遣いを洗い出し、予算を命の問題に振り分ければ、必ずドラッグ・ラグは解決するのです。死ななくてもいい命が、救われるかも知れないのです。けれども、現状は、助かる可能性のある命が日々失われているのです。様々な理不尽によって」

――一刻も早く、状況を改善しなければなりませんね》

金子という医師は、やや面長の顔立ちで、太い眉と大きな瞳で、頭髪をオールバックにセットしている。白黒の紙面であっても、俳優のように整った顔立ちであることが確認できる。

谷垣は、一瞬込み上げてきた眠気を振り切り、さらに資料を読み進めていった。すると、ほかにも金子とNDLの活動を取り上げた複数の記事を見つけることができた。その中の一つの小さな記事には、ウイッグを被った美原優の写真が掲載されている。美原は、卵巣ガンの罹患者として、『カポジ肉腫に承認されているケミレルを、一刻も早く卵巣ガンにも承認して欲しい』と訴えている。目の前で突然死した美原を思い出すと、谷垣はやるせなく、息苦しくなった。

資料に目を通し続け、金子とNDLが取り上げられているページに折り目をつけているうちに、谷垣はあることに気がついた。

約一年半前を境にして、そこから遡ると、彼らのことを取り上げている記事をいくつか目にすることができる。それは、彼らがこの問題に対して積極的に活動していたことの証だと言えよう。しかし、そこから現在に至るまでの記事には、彼らを取り上げたものは一つもなかったのだ。それは、彼らの活動が下火になっているか、または停止していることの裏づけだと谷垣には思えた。

(――一年半前から現在に至るまでの間に、彼らにはどんな変化があったのか?)

谷垣は思わずにはいられなかった。

*

来園者からは決して見えない、動物園の奥まったところにある檻(おり)のように、殺風景な一室だった。

警視庁警備部、第六機動隊の待機室――中田が川村と向き合うようにして、ともにプロテクターを外した濃紺のアサルトスーツ姿で、スチールベンチに座っている。

「川村さん」

任務を離れた中田が敬称をつけて呼ぶ相手は、唯一、川村だけだ。

「連続テロ事件について、どう思う?」

「気になるのか?」

額にしわを寄せながら、川村が確認する。

「ああ、少し」

「柄にもないな」

正直なところ中田自身も、連続テロ事件が気になる理由を説明できなかった。それでも、感じるままに話し始めた。

「ありがちなやくざの内輪揉めの次が、あのガキの事件だった。思い出せばあいつは、ヘタレなりに、相当な気合いで臨んでた。次の若い姉ちゃんも、男にちやほやされそうなルックスだったのに、わめきながら、ライフル持っておっさんを殺そうとしてた。あいつら、ドラッグ・ラグとかっていう問題の被害者らしいけど、やっぱり相当――」

「おい」

川村が太い眉を吊り上げる。

「そこらへんで、やめておけ」

語気を強めて、川村が口にする。

「事件の背景を調べることは、こっちの仕事じゃない。会議で報告されたことだけ、把握していろ」

鋭い目付きになると、中田は口角を上げた。

「そうだな。犯人の事情なんて、関係ねえ」

（暴れられれば、それでいい――）

事件現場へ出動する理由を、ひいては生きる理由を、中田は改めて認識した。

長閑(のどか)にも、あるいは間抜けにも聞こえる、ドバトの鳴き声が響いている。

*

五月二十八日の早朝――徹夜明けの谷垣はいち早く警視庁へ向かい、金子とＮＤＬに関する情報を特別対策本部の幹部達へ提出した。

特別対策本部では、それらを速やかに整理し、直ちに久松署の捜査本部へ伝えた。

該当する金子クリニックとＮＤＬの事務局の住所は簡単に判明した。

谷垣と大口は、ほかに二人の捜査員を引き連れてシルバーの覆面パトカーに乗り込み、金子のもとへ事情聴取をするために向かった。

一方、捜査本部からも、複数の人員が新宿区にあるＮＤＬの事務局へ送り込まれた。

当局としては、最初のテロ事件を起こした少年の身元と、残りのメンバーを割り出さなければならなかった。また、彼らが近い将来に起こそうとしているかも知れない新たなテロ計画も、早急に解明する必要があった。

金子クリニックは、東京都渋谷区神南一丁目の、北谷公園の近くにあった。谷垣達は、診察開始時刻である、午前九時半より少し前の時間を狙うつもりだった。

大口が運転する、谷垣達を乗せた覆面パトカーが渋谷駅を通過する。

谷垣は窓の外を眺めた。

派手なビルに囲まれた華やかなこの街を、美原親子が一体どんな気持ちで通り抜け、金子医師のもとへ相談に通ったのか想像すると、谷垣は亡くなった彼女達を哀れに思った。

金子クリニックから少し離れた路肩で、覆面パトカーが停車する。

車から降り立った谷垣達四人は、静かに目的地へと歩いていく。

すぐ近くに小学校がある金子クリニックの建物は、住居を兼ねているからか、一開業医の診療施設としては豪華な佇まいだった。二階建ての建物は、ややイエロー寄りのクリーム色で、建築様式に詳しくない谷垣からすると、所々の細かな部分に施されている装飾はメルヘンチックに感じられた。

正面出入り口の右側には大きな看板が立てられていて、精神科、神経科、心療内科、メンタルヘルスなどの診療科目と診察時間が記されている。

谷垣は、自分の左側に立っている大口を除く、後方の二人に無言のまま目配せした。

二人は谷垣の指示を察し、足早に建物の裏手へ向かった。

正面出入り口には〝準備中〟と書かれたプレートが立てられている。

谷垣と大口は、中に入ろうと、並んで歩を進めた。

あと十メートルほどで、自動ドアに到達しようかという時だった。

「係長、金子でしょうか？」

大口が前方に注意を促す。

谷垣が目を凝らすと、自動ドアから一人の長身の男が外へ出てくるところだった。

「どうかな。まだ分からない。とにかく、あの男が俺達の顔を見て逃げ出したら、確保だ。絶対に逃がすなよ」

「了解」

谷垣は注意深く相手の様子を見守った。

クリニックの玄関で靴を履いている男は、谷垣とほぼ同じ百八十センチ前後の長身だった。谷垣とは異なり、かなりやせている。そのやせ方は病的といってよく、薄汚れたチノパンと色あせた紺色の長袖Tシャツの上からも、針金のように細いことが窺えた。

男の動作はひどく緩慢なものだった。単に気だるいのか、それとも本当に体調が悪いのか、スローモーションのように鈍い。

ようやく靴を履き終えた男は、おぼつかない足取りで外へ出てきた。

「係長、違いますね。金子ではありませんね」

「ああ」

二人は、たった今出てきた男の顔を、距離はあったが凝視し、確認し合った。頭髪が短く刈り上げられた男の顔は、金子と同じくやや面長だったが、やせていることもあって頬骨が突出しており、えらも張っている。病的な印象が非常に強いために、実年齢を予測するのが難しかった。

男は、やはり体調が相当悪そうで、すり足のような足取りのまま、二人から見て左の方向へ遠ざかっていった。

「係長。あの男、相当具合が悪そうですね。ここはメンタルクリニックのようですから、もちろん精神状態が悪いのでしょうが、ほかにもどこか、体に悪いところがあるのかも知れません」

「そうだな。ひどいやせ方だ」

「まだ診察時間前ですけど、ここの掛かりつけの患者で、急に状態が悪くなったから、特別に早い時間に診てもらったといった感じでしょうか」

「恐らく、そんなところだろう」

金子クリニックから弱々しい足取りで出てきた長身のやせた男は、少し離れたところにあった角を曲がり、消えていった。

自動ドアを通り、二人は靴置き場に立った。

谷垣は、準備中と書かれたプレートのそばで「すみません」と二回声を上げた。しかし、奥から返事はない。

揃って一旦外へ出ると、谷垣が「本人が中にいるか、電話してみてくれ」と、大口に指示を出した。

スマートフォンを取り出した大口は、予め登録してある番号をタップする。

「大丈夫です。金子医師、本人がいます。応対してくれるそうです」

「よし。中へ入ろう」

谷垣と大口は緑色のスリッパに履き替え、奥へと進んでいった。

クリニックの中は至ってシンプルな造りだった。靴置き場から右奥へと続く廊下を進むと、左手に受付カウンターがあり、奥には左右両側に二部屋ずつ設けられている。

廊下の突き当たりに重厚な木製の扉があって、上部に診察室と書かれた白い小さなプレートが貼られている。

左隣にいた大口に無言のまま目配せをすると、谷垣は二回ノックした。

「すみません。金子医師は、いらっしゃいますか」

谷垣が尋ねると、中から「どうぞ。お入りください」と返事があった。

「失礼します」

谷垣と大口は揃って挨拶をしながら中へと進む。

診察室の中はゆったりとしている。個人のクリニックだからか、邸宅にある広い書斎のような空間だった。正面奥にはパソコンが置かれた大きなデスクと革張りのチェアーがあり、手前には黒いソファーと楕円形の木製テーブルの応接セットがある。左側の壁際には隙間なく本棚が置かれていて、右側の壁には数枚の優しい色使いの風景画が掛けられている。

「金子壮介さんですね？」

谷垣は、正面のデスク越しに見えた、ストライプのワイシャツに黄色のネクタイを締め、その上から白衣を羽織っている相手に問い掛けた。

「ええ、そうです。声が聞こえなかったようで、すみません」

金子は、事前に確認した通りの、端正な顔立ちをした男だった。全体からは、資産家や生活に余裕がある者達に共通する、どこか浮ついた軽薄な雰囲気が窺える。しかし目元には、強い意志を秘めているような力強さもあった。

「突然お訪ねして、申し訳ありません」

谷垣が詫びると、金子は「構いませんよ」とほほ笑んだ。

「私は警視庁捜査一課の谷垣です。こちらは、大口です」

二人は揃って懐から手帳を取り出し、中を開いて顔写真とＩＤを相手に示す。

「まだ診察時間前のようですが、先ほどの患者さんを診察なさっていたのでしょうか？　長身で、かなりやせていらっしゃる方です」

「ええ。彼は私の知り合いで、患者でもある人です。今日の早い時間しか都合がつかないということで、さっきまでここで診察を受けていました」

「かなり具合が悪そうでしたが、どこが悪いのですか？」

「それは、まあ。患者さんのプライバシーもありますし、私にも守秘義務がありますから」

「ああ、そうですね。すみませんでした」

谷垣は一呼吸置き、本題に入ることにした。

「金子さん。これは、もちろん任意でお願いしているのですが、今から、色々とお話をお聞かせ願えませんか？」

「それは、構いませんが。どのようなご用件で、私のところにいらっしゃったのですか？」

金子がとぼけているのかどうか、谷垣には判断がつかない。

「厚生労働省の関連団体の職員を狙った、連続拉致立て籠もりテロ事件はご存じですよね？　犯人達が、厚生労働省の解体を要求している事件です」

「ええ。概要だけは」

このところ、各種メディアが最も労力を注いで報道しているのはこのテロ事件についてだった。

「そうですか。二番目の事件の最中、突然死した被疑者が美原優と言いまして、彼女に銃を提供したおじが、あなたの名前を挙げたのです。彼女とその母親が相談に乗ってもらっていた相手だと。美原優のことは、ご存じですよね？」

金子の表情が苦痛に満ちたものに急変する。

「もう彼女は――」

「ええ。報じられている通り、人質に銃を向けている時に急死しました。私達の目の前で」

金子は呆然とし、左手で顔を覆った。そのまま、「どうぞお掛けになってください」と右手で示しながら、気の抜けた声で勧める。

二人はソファーに腰を下ろした。

金子も、顔をしかめながら、正面に座る。

左隣に座っている大口に、谷垣が無言で視線を送った。

大口は、傍らの黒いブリーフケースから捜査資料の入ったA4サイズの茶封筒を取り出し、谷垣に手渡した。

その中から谷垣は、なるべくグロテスクではない、一連のテロ事件の二人の被疑者の遺体の写真を数枚取り出してテーブルの上へ置き、金子の方へ差し出した。

「この中の一人は、美原優です。頭髪が全くない、女性の方です」

「ええ」

金子が、悲しそうな顔で差し出された写真を一枚ずつ手に取って確認し、小声で返事をする。

「では、こちらの少年のことはご存じですか？　ご存じでしたら、彼の身元を教えて下さい」

谷垣は、最初の事件現場で撮影された、被疑者の少年の写真を指差した。

「彼は、山本君です。山本翔君です」

「間違いありませんか？」

「ええ」

「そうですか。彼の年齢は？」

「確か、十八歳です。もしかしたら、もう十九歳になっていたかも知れません」

「彼の住所はどこですか？」

「町田市です」

裏を取るまで確定とは言えなかったが、ようやく最初の事件の被疑者である少年の身元に関する情報をつかんだことで、谷垣と大口の表情が一気に鋭くなった。

大口は顔を強張らせ、懐から取り出した手帳にメモを取り始める。

「金子さん。一連のテロ事件に彼らが関わっている事実について、全く気付かなかったんですか？」

「ええ。私は、数日前に、海外の学会から帰って来たばかりなんです。ですから、事件の詳しい情報は、それほど把握していません。少し前から二人がここへ来なくなったのも、体調が悪かったのだろうと思ってました」

海外出張の裏を取る必要はあるが、筋の通った話だと、谷垣は納得する。

「金子さん。あなたは、NDLの特別顧問ですよね？　ドラッグ・ラグに取り組んでいるNPO法人の」

「その通りです」

「我々は、過去の新聞記事で、あなたがNDLの特別顧問としてたびたびドラッグ・ラグについて言及している内容を目にしました。それらの記事の中に美原優が掲載されているものがあったことから、彼女がNDLのメンバーだったことは分かっています。この、山本翔という少年もメンバーですか？」

「そうです。そして彼が、心身ともに参っていた美原優を私に紹介したのです。刑事さん。話は長くなりますので、口を潤（うるお）してもよろしいでしょうか？」

谷垣が「どうぞ」と答えると、金子は、入り口から見て一番手前の本棚のそばにある、小さな台の上に置かれたコーヒーメーカーへ歩いていった。金子はまず、谷垣と大口の二人分のコーヒーを紙コップに入れてテーブルの上に差し出した。それから、自分の分を専用の白いカップに注ぎ、ソーサーごと手に持って、再び二人と向き合う形でソファーに座った。

谷垣が「すみません。いただきます」と言うと、大口も礼を言い、二人とも中身を少しだけ啜った。

「それでは、金子さん。まずは、NDLについて詳しく教えてもらえませんか?」

「分かりました」

金子は、コーヒーを一口飲み、設立された経緯と時期、主な活動内容など、NDLについて話し始める。

一通りの説明を終えると、金子は一旦ソファーから立ち上がって自分のデスクへ向かった。引き出しから何冊かの小冊子を取り出すと、ソファーへ戻り、「どうぞ」と差し出した。

谷垣が手に取って確認すると、過去数年にわたるNDLのパンフレットだった。その中に、今年の分は含まれていない。

「NDLのことが一通り書いてあります。よかったら、目を通してみて下さい」

「ありがとうございます。金子さん。私には、NDLに関して一つの疑問があります」

「何でしょうか?」

「先ほども申しました通り、我々は事前に、過去のある新聞記事で、あなたがドラッグ・ラグについて言及している内容や、ＮＤＬの活動が紹介されている内容のものなどを、いくつか拝見してきました」

「ええ」

「しかし、それらの記事は、約一年半前の時点を起点にして、そこから遡った時期にしかなかったのです。つまり、約一年半前から現在に至るまでの間には、あれほどドラッグ・ラグに対する活動が熱心だったあなたとＮＤＬについて書かれた記事が一つもなかった。現時点では一社の新聞記事についてのことなのですが、それでも私には十分不自然な気がします。これは、どういうことですか？　その間に、あなたやＮＤＬに、何かあったのですか？」

「簡単なことですよ」

金子がどこか投げやりに口にする。

「ちょうどその時期までに、ＮＤＬのメンバー達が、ほぼ全滅してしまったのですよ。だから、以前のようには活動ができなくなってしまったのです。ここ最近、ＮＤＬの活動が報道されなかったのは、そういう理由です」

「全滅とは、どういうことですか？」

谷垣の質問に、金子は半ば呆れたように小さく首を横に振った。

「刑事さん。彼らは、ＮＤＬのメンバー達は、代表者を除いて、いや、もう全てのメンバーは、ドラッグ・ラグの被害者達でした。だからみな、服用したり投与したりすれば治るかも知れない薬を、指をくわえて眺めながら、それぞれの病気の進行と闘っていました。ＮＤＬの活動に参加していたのは、大概深刻な、切羽詰まった状況の患者達なんです」

金子の顔は悲愴感に満ちている。

「そういった彼らは、彼らなりに必死に活動していましたが、ドラッグ・ラグを取り巻く状況は好転しませんでした。私も、医師としての使命感や、裕福な家庭に生まれて恵まれた生活を送ってきた後ろめたさから、微力ですが、できる限り彼らに協力してきました。しかし、残念ながら力が及びませんでした」

金子が悲痛な声で話す内容に、谷垣は無言のまま耳を傾けていた。

「結局、代表者を除くメンバーは、それぞれの抱える病の前に力尽きてしまったのです。ドラッグ・ラグが生じている病は、多岐に渡ります。美原優さんの卵巣ガン、ムコ多糖症、大腸ガンに骨髄性プロトポルフィリン症など、ほかにもまだあります。難病や希少疾病がほとんどです。そういった病の前に、ＮＤＬのメンバーは力尽きていきました。決して抽象的な表現ではありません。彼らはみな、死んでいったんです。そのうちの何人かには、自殺者も含まれています。自らの境遇に絶望し、将来を悲観して」

湧き上がる思いを静めるためか、金子は右の掌で、こめかみや目頭の辺りをしきりにさすっている。

谷垣は、今の話に同情したが、それでも聴取を続けなければならなかった。

「金子さん。お気持ちはお察ししますが、私は、まだまだあなたに質問を続けなければなりません」

「そうでしょうね」

金子が顔を正面に向けた。

「あなたが、どのようにNDLと関わりを持つようになったのか、また、どうして最初の事件の被疑者の少年のことを知っているのか、順を追って説明して下さい」

「私が彼らと、NDLと関わりを持つようになったのは、山本翔君がここへ診察にきたことがそもそもの始まりです。あれは、確か五年位前、山本君が十四歳で、まだ中学三年生になるかならないかの頃でした」

「山本翔も、ドラッグ・ラグの被害者なのですね?」

「もちろん、そうです」

「彼は、うつ病だったのですか?」

谷垣が、山本の遺体から抗うつ薬であるSSRIの成分が検出されたことを根拠に、半ば確信を持って質問する。

「そうですが、厳密に言えば違います。そうなった根本の原因は、ほかにあります」

金子の遠回しな言い方に、谷垣は首を傾げた。

「母親につき添われてきた彼は、《線維筋痛症》という難病を抱え、苦しんでいました。これは原因不明の難病で、全国に二百万人近く患者がいるのではないかと言われています。人によってはある部分だけが、またある人は全身が、軽度の痛みから耐えがたい痛みに常に苛まれ続ける病気です。一日の多くの時間、痛みを覚え続けて、自力で生活することが困難な患者さんも大勢いらっしゃるようです。何しろ、常に、全身の内側から、ガラス片や針などで攻撃されているような疼痛を感じるのですから」

谷垣はその病名を初めて耳にした。

「しかし、我々の司法解剖では、山本翔がそのような病気に罹っていたという報告はありませんでしたが」

「それは当然でしょう。現在、線維筋痛症と診断できる検査方法は存在しないのです。全身にある十八箇所の圧痛点を四キロの力で押すと十一箇所以上が痛み、また広範囲の痛みが三ヶ月以上続くと、線維筋痛症だと診断されているのです」

「その難病が原因で、山本翔はうつ病になり、こちらにやってきたのですか？」

「そうです。線維筋痛症に、特効薬はありません。また、併発する症状として、関節のこわばりや、睡眠障害、抑うつ、自律神経失調症、過敏性腸炎など、多くのものがあります。一般には、抗リウマチ薬や、膠原病(こうげんびょう)薬、抗うつ薬、神経の薬、またはそれらの組み合わせが効くことがあるとされています。山本君も色々と合う薬を探し続けたらしいのですが、どの薬も効果がないということでした。それで、たまたま何かの雑誌で知った私のところに相談へきたのだと言いました。メンタルクリニックは初めてだからと」

「最初にこちらへきた時、山本翔の症状はどうだったんですか？」

「母親の話だと、山本君は常に全身に痛みを感じていて、また、突然襲い掛かってくる耐えられないほどの激痛を恐れ、精神状態も常に不安定だということでした。なので、中学校にはほとんど通っていなかったそうです。そして、数日間部屋に鍵をかけて閉じこもっていたかと思うと、急に『僕はもう終わりだ』と大声を上げ、一日中泣き続けたりもしたそうです」

谷垣は、同じ親として、山本の両親の気持ちを思うと胸が重くなる。同時に、事件現場で対面した苦しそうな表情を思い出し、そんな彼を救えずに結果的に射殺してしまったことに、再び深い後悔が込み上げてきた。

「私のところに来た時も、山本君は非常に痛そうに、苦しそうにしていました。不安と強迫観念に苛(さいな)まれているのか、緊張もしていたし、硬直していました。痛痒くてたまらない時や、痛みを止めたくて仕方がない時などは、触ると余計苦しくなることを知りながら、思わず手の平で強く全身をさすり続けてしまうこともあったようです」

（――あれは、そういうことだったのか）

山本の全身に見られた擦過傷は、特定の病気によるサインではなかった。彼自身が痛みを止めようと自ら強くさすり続けてしまい、生じたものなのだと、谷垣は理解する。

「しかし、その時の私はある程度楽観的でした。当時、アメリカで発表された、私の専門であるうつ病の治療薬成分だったSSRIやSNRIがある程度効果的だという学説を、知っていたからです」

説明を続ける金子の表情は鬼気迫るものだった。

「両方とも神経の働きをよくすることで、疼痛を緩和する作用があると言われたのです。そこで私は、私自身がベストだと思えたSSRI系の薬を、これは日本語だと《選択的セロトニン再取りこみ阻害薬》と言うのですが、試しに与えてみました。すると、やはりこれがてきめんに効いたのです。後日面談した山本君の様子は別人でした」

谷垣は黙って話を聞きながら思い起こしている。

「そこで私は、彼を重度のうつ病だと診断し、山本君によく効くと思われる抗うつ薬の処方を開始しました。副作用や、そのほかの心配なことについては、専門家である私がサポートするので心配ないと伝えて」

「山本翔が抱えていた難病は、分かりました。彼はその後、何という薬品のドラッグ・ラグに直面していたのですか？　またあなたは、それからどうやって、ＮＤＬの特別顧問になっていったのですか？」

「それらについても、今からきちんと説明していきます」

自らを落ち着かせるように、金子がコーヒーを一口飲む。

「その後、私が勧めた薬を服用し続けた山本君は、精神状態が改善し、普段感じる痛みも我慢できる程度のものに落ち着いて、学校にも通うようになりました。山本君は、その後も定期的に診察を受けにきました。しかし残念なことに、しばらくすると、当初私が与えたＳＳＲＩ系の抗うつ薬の効き目が明らかに悪くなっていったのです。同じ系統のほかの薬も同様で、ＳＮＲＩ系の複数の薬も同じでした。服用した方が痛みは和らぐのですが、当初の、ほぼ一般の人と同じ生活を送れるというレベルから、痛みに顔をしかめてゆっくりと行動するというレベルにまで落ち込んでしまいました」

大口は、相手に許可を得て、先ほどから手帳以外にも傍らにスティック型のＩＣレコーダーを置き、二人のやり取りを録音している。

「山本君は、苦痛に顔を歪めながらも、定期的に診察を受けにきました。けれど、学校は再び休みがちになってしまいました。それでも、精神的には絶対的な孤独ではありませんでした。山本君は、同じ病気の友の会に所属していました。ネットや会報で励まし合い、治療法の情報交換などを積極的に行っていたようです。それで、ある時山本君は、仲間から非常に興味深い話を聞いたようです」

金子の話が長引くことを、谷垣は覚悟した。

「現在、アメリカのＦＤＡで正式に線維筋痛症の専門薬として承認されているある薬が、当時、非常に可能性のあるものだとして、アメリカで話題に上がったばかりでした。その主成分が、過剰に興奮したニューロンを沈静化させて、結果的に痛みが治まるのだと」

記憶力に自信がある谷垣だったが、カタカナの薬品名や成分名を列挙されずに安堵した。

「山本君は、『どうして自分達によく効くかも知れない薬が、早急に、手軽に、処方されないのか？』と質問してきました。そこで私は、少年の彼にも分かるように、ドラッグ・ラグについてできるだけ分かりやすく説明をしました」

過去の新聞記事で、金子がドラッグ・ラグについて話している内容を目にした谷垣は、きっと彼ならば分かりやすく説明をしたのだろうと納得する。

「きっと山本君も、深刻な自分自身の問題として、何とかしなければならないと思ったはずです。ドラッグ・ラグ解消に取り組んでいるＮＤＬという団体を見つけて、そのメンバーになったのだと私に言いました」

そこまで金子が話し終えた時、誰かが入り口のドアをノックした。

「先生。そろそろお時間ですが」

クリニックのスタッフらしき白衣姿の女が首を出し、金子に告げた。

「ご覧の通り、ちょっと今取り込み中でしてね。もうすでにいらっしゃっている患者さんには謝って午後か後日にしてもらって、午前中に予約が入っているほかの患者さんにも電話でそう伝えて下さい」

「そうですか。分かりました」

スタッフの女性がドアを閉めると、金子は再び話を始める。

「そこから、山本君は熱心にＮＤＬの活動に関わっていきました。休日に街頭で、問題を広く知ってもらおうとドラッグ・ラグについて説明されたビラを配ったり、薬品の承認審査のスピードアップの署名を求めたりしました。厚生労働省前での座り込みや、関係部署への抗議にも行くようになりました」

谷垣は、「全身の激痛に耐えながら、しかも、まだ少年なのに、深刻ですね」と、事件現場での山本の絶望に満ちた絶叫を思い出しながら小声で口にした。

「ええ。私も、そんな山本君の様子が内心痛々しかったです。普通の少年ならば、時間があれば、ゲームをして、友達と馬鹿話に耽っていたいはずですからね。私は、彼から、様々な病気のドラッグ・ラグや、希少な難病で苦しんでいるほかのメンバー達の話をたびたび聞くうちに、医者である自分も、少しは手伝ってやりたいと、いや、少しでもいいから彼らを手伝うべきだと自然に思うようになったのです。専門の病気と治療薬以外の、ドラッグ・ラグであっても」

　ここまでの金子の話に、不自然なところや引っかかる部分はなかった。

「なるほど。そうして、自然と美原優の存在も知ったわけですか」

「美原さんは、早い段階で山本君から紹介されました。よくしてくれるお姉さんだと。山本君は、彼女は精神状態が非常に不安定なのだと言いました。気分の変化が激しく、急に落ち込んでしまったりすると。恐らくそれは、抗ガン剤などの薬による副作用と、根本的な死への不安との両方が原因だったのでしょう」

　事件当日の美原の様子が蘇り、谷垣はやるせなくなる。

「そこで私は、ここへ連れてくるようにと山本君に言いました。実際に診察したところ、彼女はひどい状態でした。病状に打ちのめされ、迫りくる死の恐怖に怯えて、顔面は蒼白でした。私は、何としても救わなければならないと焦りました」

　ここまできたところで、谷垣の胸中では、今までは半信半疑だった金子に対するある疑惑が強いものへと変化した。

「刑事さんもご存じの通り、最初にここへ来た時から、彼女に頭髪は全くありませんでした。二十代で、女性の美原さんには、そのことも苦痛だったと思います。彼女は私と初めて会った時に、『先生と話して気が楽になったけど、ここへ定期的に通うとなると、とても辛い』と言いました。私は意味が分からずに、掘り下げて聞いてみると、どうやらここの場所に原因があるようでした。ここは渋谷で、周囲に自分と同年代の健康な女性が着飾って闊歩（かっぽ）している中を、たとえ帽子を被って隠していても、髪がなく病魔におかされた自分が歩いてくるのはみじめでいたたまれないと言ったのです」

金子の目はうっすらと充血している。

「そこで私は、後日、人毛のウィッグを二つプレゼントしました。それらは美原さんにとても似合って、彼女もすごく喜びました。それから、美原さん親子は定期的にここへ来るようになったのです」

谷垣は、激昂した美原がそれまで被っていたウィッグを自分の方へ投げ捨てた光景を思い出した。恐らく金子が彼女に贈ったうちの一つだったのだろう。

「金子さん。その時はもう、美原優の卵巣ガンはかなり進行していたのですか？」

「ええ、そうです」

「ということは、その時すでに、抗ガン剤や、その他の鎮静薬品、例えば強力なモルヒネ成分などを投与されていた可能性は高いわけですよね？」

「その通りです」

「それでも、やはり、美原優の症状はひどかったように見えましたか？　これは、精神的に参っているという意味や、医学上のガンが進行しているという意味ではなく、あくまでも彼女の感覚的な、直接的な苦しさや痛みに関しての質問です。表面上、一目見て、彼女はとても肉体的に辛そうでしたか？　それらの薬を服用していたにもかかわらずに」

「それは、当然そうでしたね」

「金子さん。あなたは優しい方だ。やはり、そんな症状の患者を目の前にすれば、しかも、それがまだ若い女性だとしたら、何とかして救ってやりたいと思ったはずだ。たとえ、どんな方法を使っても。その気持ちは、常に激痛に耐えている山本翔に対しても同じだったはずです」

「ええ。当然その通りです」

なぜそんな当たり前のことを聞くのかとばかりに、訝しげな表情を浮かべた金子とは対照的に、谷垣は鋭い目つきで核心に迫る質問を始めた。

「いいですか。ここからは、あなたにとっても、非常に重大な問題を含む事柄について質問をしていきます。できるだけ慎重に、そして、くれぐれも正直に答えて下さい。

よろしいですね」

「分かりました」

落ち着いた様子で、金子は返事をした。

「我々は、一連の厚生労働省の解体を要求した連続テロ事件の二人の被疑者の遺体、つまり山本翔と美原優の体内から、看過できない三つの薬品成分を検出しています。一つ目は、山本翔の体内から検出されたＳＳＲＩ系の抗うつ薬です。この出どころは、先ほどの説明で納得しました」

金子は両手を顎の前で組み、目を閉じて谷垣の話を聞いている。

「しかし、残りの二つの薬品は、もしあなたが何らかの策を講じて彼らに服用させたり、投与したりしたのだとすれば、非常に由々しき問題です。二つの薬品とは、それぞれの遺体からともに検出された精神刺激剤であるリタリンの成分と、美原優から検出されたケミレルの成分です。特に、リタリンの方は非常に問題があります。これは、日本で、唯一臨床で使用可能な覚醒剤とも言われている薬品だそうですね」

黙想（もくそう）しているかのように、金子は黙ったままだ。

「覚醒剤、アンフェタミン、メタンフェタミンといえば、国、地域、宗教、歴史的事情を問わず、全世界で人類の敵だとされている薬品です。あらゆる機関の科学的なデータでも、いずれは人間の心身を必ず滅ぼすものだという結果が出ている。そんな覚醒剤であるリタリンについて、あなたは入手する手助けをしたのですか？　不法な処方となると分かりながら、二人のために」

「そうです。すでにリタリンの適応症からうつ病は除外されていますが、私自身は強い不安を鎮(しず)めるのに効果的だと考えています。強い痛みについても、同様です」

目を開けた金子が、静かに答えた。

「なぜ、そんなことをなさったのですか？　義憤に駆られて活動していたはずなのに、どうして」

「刑事さん。そんな風に言えるのは、あなたが恵まれていて、余裕があるからです。もしもあなたにお子さんがいて、その子が不治の病で苦しみ続けていたら、どんな方法であっても、その苦しみを緩和させてあげたいとは思いませんか？」

谷垣は思わず奈菜の笑顔を思い浮かべ、言葉が出ない。

それでも、ふいに強い疑問が沸き起こった。

「金子さん。未承認薬は、保険適用外というだけで、決して使用できないわけではないのでは？」

「理屈では、そうです。ですが、未承認薬を患者が個人輸入しようとしても、手続きと費用の面から難しいのです。それに、投薬してくれるよう、担当医を説得しなければなりません」

やはり、実質的には使用不可能なのだと、谷垣は理解する。

「そもそも日本では、未承認薬や適応外薬を使用しない方針の医療機関が多いのです」

「事情は、分かりました」

「いや、刑事さん。部外者のあなたには仕方がないことですが、あなたは、本当のドラッグ・ラグの理不尽さを理解してはいないんですよ。もし日本から全てのドラッグ・ラグがなくなれば、末期ガンの患者でも、死の恐怖を感じず、苦しまず、錯乱せずに、亡くなる一時間前まで普通に会話をすることもできるようになります。そのような終末期医療を得意とするホスピスが、海外には数多くあります」

もしそうなれば、患者としてはありがたいことだろうと、谷垣にも理解できる。

「日本にも、未承認薬を複数使用し、そのような終末期医療を施しているホスピスが僅かだがあります。しかし日本では、終末期に投与される強力な鎮痛薬といえば、モルヒネ系のものだけなんです。種類が限られているので、患者に合う、合わない、という要素はあまり考慮されません。穏やかな死を迎えられるホスピスを利用できる終末期患者は、大金持ちで空きベッドにあたった、一握りの強運の持ち主だけなんです」

金子が眉根を寄せた。

「私は医者として、いや、人として、やはり、その理不尽な状況を見過ごせなかった。完治できる可能性、延命できる可能性、苦しみを緩和できる可能性、そういうものを潰したくなかったのです。自分が、生まれながらに、ドラッグ・ラグや難病に苦しんでいる患者さん達よりも大分恵まれている分、たとえ法を犯しても、少しでも彼らの役に立ちたかった。だから私は、処方箋（しょほうせん）を作成して彼らに大量のリタリンを与え続けました。そのほかにも、つてを辿り、金を使い、美原さんをカポジ肉腫だと診断してくれて、卵巣ガンに有効なケミレルを処方してくれる病院と医師を見つけました」

　犯罪の告白をしているにもかかわらず、谷垣には金子の表情が凛としたものに映った。

「金という面では、私は大して美原さんには援助していません。最初に向こうに支払った金額は、たかが二十万円です。あとは、カポジ肉腫の患者ということで、ケミレルの処方には当然保険が適用され、その金額は彼女の母親が支払っていましたから。けれども、手を貸してくれるところがなかなか見つからず、結局、ケミレルを処方し始めた時には、美原さんはもうすでに手遅れの状態でした」

「山本翔にリタリンを処方したのは、やはり、痛みに苦しむ姿を見ていられなかったからですか？」

「その通りです。十代であんなに苦しまなければならないなんて、あまりにもむごい。

肩がドアにかすって激痛で絶叫する、そんな山本君を辛くて見ていられずに、リタリンの入手を手助けしたのです」

谷垣は居住まいを正し、最後の核心について質問を始める。

「金子さん。もしかしてあなたは、はじめから彼らの犯行計画を知っていたのではありませんか？　そんな彼らの精神が昂るように、そういった意味合いでもリタリンを与え続けたのではありませんか？」

悲しそうな表情で、金子が小さく溜息をつく。

「それは、ないです。彼らがあんな犯行を企てていたことは、知りませんでした。しかし、私がそのことを事前に知っていたとしても、それを証明することは難しいでしょうね」

谷垣は金子の真意を見抜くために、つぶさに表情と体全体の様子を確認した。しかし、嘘をついているという確信は得られなかった。

「山本君と美原さんのやったことは、確かに悪いことです。でも私は、どうしても二人に同情してしまいます。だって彼らは、合法的にできることは全てやったんですよ。必死に問題を訴えてきた。それでも、早急に、劇的な変化を起こすことはできなかった。だから彼らは凶行に及び、ドラッグ・ラグを取り巻く現状を直ちに変えて欲しいと訴えたのです」

「そういう背景があっても、二人の行為は罪なのです。人質を取って立て籠もることは、重大な犯罪行為です」

毅然とした態度で口にした谷垣に対し、金子が苦笑いを浮かべる。

「では、刑事さん。あの二人は、どうすればよかったのですか？　座して死を待つべきだったのでしょうか？」

「それは――」

「分かりませんか？　権力や法律の側にいる人間、傍観者や部外者は、いつも同じですね。建前を言うだけで、実際に苦しんでいる者や、底辺にいる者には、実効力のある行動を何一つしてくれない」

「理由の如何によらず、あの二人の行為は、紛れもない悪です」

谷垣の言葉を聞いた金子は、「悪ですか」とつぶやくと、腕時計に目を向けた。

それからテーブルの上にあったリモコンに手を伸ばし、谷垣から見て右側の壁沿いに置かれているラックの上の薄型テレビのスイッチを入れ、ザッピングを始めた。

各チャンネルでは、ちょうど午前中の報道番組やワイドショーが放送されている。一つの局では、与党と野党の政治家が二人ずつ出演していて、興奮気味に議論している。ある大学に、百億を超える補助金を捻出した件についてだ。もう一つの局では、省庁の文書改ざんを追及するシリーズが放送されている。

金子はそこにチャンネルを固定し、ボリュームを落としてテレビをつけたまま、話を再開する。

「ねえ、刑事さん。あなたは、先ほど山本君と美原さんの行為を悪だと断罪しましたが、本当の悪は、彼らのような人間だとは思いませんか？」

金子が目でテレビ画面を指し示す。

「ああいう非常に狡猾(こうかつ)な、高級官僚やそのＯＢ、彼らを利用する政治家は、決して他人を汚い言葉で脅迫したり、表立って暴力行為を働いたりはしないでしょう。けれども、国家の財政状況と一般常識を無視した、浮世離れした自分達の身分や収入を確保するために、水面下で様々な画策をしています。そうやって彼らは、自分達の存在を維持するための法律を、一目見るだけではそうだと分からない形に変えて守り抜き、数多くの無駄な天下り法人に予算をつけ、運営を続けているのです。ようやく廃止したと思っても、すぐにまた名前が違うだけの同じものが登場し、延命し続けるのです」

金子の指摘については、谷垣にも返す言葉がなかった。

「そのうちの何パーセントかでも、ドラッグ・ラグという問題に振り分けてくれたら、山本君も美原さんもあんな暴挙には出なかっただろうし、ＮＤＬのメンバー達は、今も全員が生きていたことでしょう。刑事さん、正義とは、一体何でしょうか？　どこにあるのでしょうか？」

谷垣は、金子が最後に口にした、愚痴にも嫌味にも、あるいは真摯な問い掛けにも聞こえたフレーズを、必死に無視した。

「とにかく、金子さん。これから我々と同行してもらいます。もっと詳しく話を聞かせてもらわなければなりません。もちろん、今の段階では任意ですが、拒否しても、すぐに逮捕状が出るでしょう。何しろあなたは、リタリンの不正処方を自白しているのですから」

「ええ、構いませんよ。同行します」

金子は立ち上がり、正面から見てデスクの左背後にあったツリー状の衣服掛けに向かった。そこに白衣を脱いで掛け、かわりに紺のジャケットを手に取って羽織る。

「でもねえ、刑事さん。リタリンの不正処方だけでは、前科前歴のない私を起訴することは難しいかも知れないですよ。きっと、正規の医師が処方したということもあり、単なる不注意と主張すれば、取り調べの書類が送致されるだけで済んでしまうでしょう」

痛いところを突かれた谷垣だったが、動揺は一切表に出さなかった。

「金子さん。あなたは先ほど、ＮＤＬのメンバー達は、ほぼ全員亡くなったと言いました。けれども、リーダーは、代表者は生きていると言いましたね？　その人について教えて下さい」

「私に聞くまでもなく、差し上げたパンフレットに顔写真と名前が載っていますけどね。《井岡光(いおかひかり)》という青年ですよ」

「彼も、テロの計画をしているのですか？　木内の銃を携えて？」

「そんなこと、私が知っているはずがないでしょう」

金子は無表情のまま口にした。

「とにかく我々としては、万が一のことも考えて、一刻も早くその男を探し出さなければならないんです」

「そうですか。しかし、残念ながら、すぐに彼を発見することは困難かも知れません」

金子が、静かに、だがどこか勝ち誇ったような口調で言う。

「それは、なぜです？　どうしてですか？」

意味ありげな言葉に、谷垣は語気を強めた。

「理由は、黙秘します」

金子は口を堅く結んだ。

時を同じくして、別の捜査員の一団が、ＮＤＬの事務局である新宿三丁目の雑居ビルの四階へ向かった。

現場へ到着すると、目的の四〇二号室のドアには《NPO法人　NDL　ノード・ラッグ・ラグ》と横書きでプリントされた簡素なプレートが貼られている。

「失礼します。警察ですが」

捜査員の一人がノックをし、ドア越しに三回声を掛けても、中からは一切返事がなかった。

そのため、彼らは管理者から合鍵を借り、ドアを開け、中へ足を踏み入れた。

整理が行き届いた殺風景な室内は無人だった。事務机の上や、置かれたままになっている書類などには、うっすらと埃(ほこり)が被っている。

長い間、使われていないことは明らかだった。

*

思春期に抱える感情は、期待と不安をないまぜにした、表現しがたいものだ。性格によっては、自分と世界に対する不安ばかりに支配される場合もある。それでも、山本翔が抱えていた苦痛と恐怖に比べれば、随分と恵まれている。

山本の父親が家族を捨てて出奔する少し前のことだった。

ある休日の午前中、山本は自室の勉強机の上で頭を抱えて嗚咽(おえつ)した。じっとしているだけでも、全身の内側から無数の小人達がナイフで突き刺してくるような疼痛があった。数ヶ月の間よく効いていた抗うつ薬が、あまり効かなくなっている。

中学に上がった頃から突如湧き上がってきた、原因不明の、全身の激しい痛み。それが、彼の心身を硬く、重くし、内部から激しい焦燥感と絶望をも噴出させた。

（何も悪いことをしていないのに）

自らの辛い運命を、山本は呪い続けた。

何とか痛みを止めたいばかりに、ベッドで横になりながら、服の上から両手で全身を強くさすり始めた。

「うー」

さすると痛みが消えるわけではないのだが、心情的にはさすり続けていないと気が変になりそうだった。

それでも埒（らち）が明かず、山本はデスクへ向かうと、金子から『くれぐれも飲み過ぎないように』と言われたリタリンの入った紙袋を一番上の大きな引き出しから取り出した。痛みで小刻みに震え続ける右手で、何とか白い小さな錠剤を一つだけ取り出すと、唾液で飲み下した。

すると数分後には、嵐のような疼痛は静まり、気分が高揚し、思考が明確に働き出した。いつもの焦燥感と絶望も鳴りを潜めた。

茶色の薄いナイロンパーカーを羽織ると、山本は外出するために二階の自室を出た。

階段を下りている途中で、怒鳴り声が聞こえた。

「一体、あいつはいつまであの調子なんだ。病院代と薬代で、毎月いくら掛かっていると思ってるんだ」

「そんなこと、言わないで下さい。私達の子なのよ。一番苦しいのは、あの子なのよ」

「うるさい。あんなやつ、どこかの施設に預ければいいんだ」

互いに大声を上げている両親だったが、予期せず一階に下りてきた穏やかな息子の姿を見ると、突然固まってしまった。

「翔ちゃん。大丈夫？　お出掛け？」

「新宿の、NDLに行ってくる」

それはまさしくリタリンの効果だったのだが、山本の両親は最近になって時折見るようになった我が子の落ち着いた様子を不思議そうに眺めた。

家を出て新宿へ向かう途中、山本は、

「何とかしなければならない」

と、読経するようにつぶやき続けた。このままでは、自分も、家族も、近い将来に崩壊してしまうことが目に見えていた。

美原優は、卵巣ガンを患っていても、基本的には通院で治療を続けた。しかし、ある時容体が悪化し、数回目の入院生活に入ることになった。

その日、美原はパジャマ姿のまま、キャスターつきの点滴を杖代わりに右手に持ち、自分の病室を出て廊下を歩いていった。

彼女のいたA棟の七階は、ガン病棟だった。

美原はゆっくりと、ある病室の前を目指して歩いた。そこには、白石陽子という三十代前半の、肺ガンが末期まで進行した女がいた。

美原は彼女と顔見知りだった。何度か休憩コーナーで顔を合わせるうちに話をするようになり、すぐに打ち解けて仲良くなった。

「ねえ、優ちゃん。よかったら、私の薬、秘密であげようか？」

ある時、白石が美原に真顔で言ったことがある。肺ガンの白石が投与されていたベルロシルという薬も、ケミレルと同様に卵巣ガンに効果があると言われており、審査ラグが起きている薬だったのだ。

美原は思わず涙を浮かべ、自分と同じく毎日の闘病で苦しいはずなのに気遣ってくれた白石に、「ありがとう。その気持ちだけで十分」とほほ笑んだ。

そんな白石の容体が、二日前に急変した。意識がなくなり、目を開けても強力な鎮痛剤のせいで虚ろな瞳は宙を泳ぎ、意味不明な言葉しか発しなくなった。

美原が病室の入り口から垣間見た白石は、両目を開けているものの、唇の端からは小さな泡が溢れ、錯乱して「プップッ」とつぶやきながら、右手の人差し指を上に向けてプッシュボタンを押すような仕草を繰り返した。

もうすでに自我が崩壊している白石だったが、ベッドの傍らにあった透明なパックの一つからは、相変わらずベルロシルが投与され続けた。

壊れてしまった白石の様子と、薬品のパックを眺めながら、美原は、

(あの薬を投与すれば私の症状が改善したかも知れないように、白石さんにももっといい薬があったはずだ)

と考え、涙と嗚咽を必死に飲み込んだ。

美原は、白石の奇行を目にしながら、

(もう、誰にも任せられない。自分が、自分達が何とかしなければならない)

と死臭が漂う病室内で覚悟を決めた。

第三章　死線

「今日こそは、お前に謝ってもらうぞ」

　勤め人が出掛けて間もない午前八時半過ぎ——平屋の玄関先で包丁を手にした男が怒鳴り声を上げた。ランドセルを背負った男児の首に左腕をかけ、右の頬に刃先をあてがっている。

「あんた、馬鹿なことしてんじゃないわよ。頭がどうかしちまったのかよ」

　三メートルほど距離を取った右側で相対している女が、怒鳴り返す。

「俺は引かないからな」

　ただ事ではない様子を察知した何人かの近隣住民が一一〇番通報した。

　直ちに日野署機動捜査隊の制服警官が到着し、間もなくすると、刑事組織対策犯罪課の刑事達も臨場した。

「ご主人、落ち着いて。とりあえず、子供だけは解放しなさい」

　ブロック塀の入り口、敷地手前の中央で、一人の刑事が拡声器を手に、六メートルほど先にいる被疑者に呼び掛けた。背後では二人の制服警官がサスマタを手にして構えている。

「あんた、勝ちゃんに怪我一つさせてみなさい。焼き殺してやるから」

「うるさい。勝ちゃん、勝ちゃんて、それしか言えないのかよ」

女が一歩踏み込むと、男児の右頬に少しだけ刃先が食い込む。女は慌てた様子で元の位置まで戻る。

同じシーンを二人は延々と演じ続けた。

すでに、一時間以上が経過している。

埒が明かないと判断した日野署は、人質が子供ということもあり、本庁へ応援を要請した。

警視庁特殊部隊に所属する、指揮班、並びに制圧第一班が現場へ到着した。

「今日こそは、お前の口から謝罪させてやる」

相も変わらず、男は女に向かって怒鳴っている。

左右に張られた規制線の外側からは、近隣住民だろうか、多くの野次馬が見守っている。その中には二台のテレビカメラもあった。

所轄署の者達が一歩後退すると、中田達一個分隊の四人は、二人ずつ二手に分かれ、ハの字になるようにして、左右のブロック塀に身を潜めた。

中田は、左のブロック塀際、先頭にいる。

〈指揮班班長。あのランニング姿の親父は、どこの子供を人質に取ってるんだ?〉

車両で待機している川村に、中田がインカムで問い掛ける。

〈所轄署の話では、あの二人は夫婦で、男児は妻の連れ子のようだ〉

〈なんだ。家族の揉め事かよ〉

〈これまでも、何度か家庭内暴力の相談があったようだ〉

〈ああ、DV親父か〉

〈違う。通報してきたのは、夫の方だ。妻の暴力と暴言が酷いらしい。妻は気が強いことで、近所でも有名なようだ〉

〈おー、こわ〉

〈今朝も、あの子が学校へ行く前に、いつも通りに妻が夫を激しくなじったらしい。近所の住民が証言している。けれど、今回は夫が暴発したようだ〉

〈限界超えて、キレちまったわけか。でもよう、刃物を手にしてるとはいえ、小せえ事件だな。こんなのに比べれば、やっぱあっちのテロ事件の方が、随分気合いが入ってるよな〉

〈制圧第一班班長。個別の事件に、いちいち私情を挟むな。それより、所轄署より要

請が来た。速やかな事態収拾を望むそうだ。もちろん、負傷者を一人も出さずに〉

〈スタングレネードはどうだ？〉

〈駄目だ。閃光に驚いて男の体が条件反射し、誤って子供を傷つけてしまうかも知れない〉

〈じゃあ、発煙筒しかないな。一瞬の目くらましなら、二本で事足りるだろう〉

〈よし。決行してくれ〉

〈了解〉

中田は、通信を共有していた、右側の特殊部隊員へ目配せした。

それから、MP5を背中へ回し、タクティカルベストの内側へ手を入れ、オレンジ色の細長い筒を取り出した。

「P2、行けるな？」

小さく肉声で確認すると、同じように筒を手にした右側の特殊部隊員が頷いてみせた。

二人は揃って筒のピンを抜き取ると、アンダースローで前方へ放り投げる。

玄関先へ転がっていった二本の筒は、狙い澄ましたように男と女、それぞれのすぐ近くに止まった。

黒く細い煙が、少しずつ吹き上がる。

中田達四人はゴーグルを装着した。

あっという間に、玄関先に煙が立ち込め、真っ黒になった。前方にいる家族の視界は間違いなく遮られている。

「行け」

中田の合図で、三人の特殊部隊員が駆け出す。

成り行きを見守るように、中田は最後に向かった。

一人の特殊部隊員が真っ先に男児を抱きかかえて現場から遠ざけ、残りの二人が左右から男の腕を取り確保した。

やがて、視界が晴れた。

「ごっほ、うへ」

両側から取り押さえられている男は、目をしばたかせ、せき込んでいる。

「てめえ、この野郎」

そこへ、竹ぼうきを手にした女が現れ、柄の方で男の顔面を滅多打ちにした。

「なにすんだ。やめてくれ」

「うるせえ、恥知らずが。お前のせいで、近所に顔向けできねえだろう」

竹ぼうきを放り投げた女は、今度は近くにあった小さなポリタンクを持ってくると、中身を男に向かってぶちまけた。

「おい。灯油じゃねえか。なんてことするんだ」

どちらが女か分からないような声で、男が叫んだ。

「うるせえよ。約束通り、火だるまにしてやるからな」

男を取り押さえている特殊部隊員の一人が、「班長。早くこの女を制止してください」と声を上げる。

しかし、中田は笑いながら両腕を組み、満足げに蛮行を眺めている。

「ハッハー。どうしょうもねえ事件だったけど、ラストはウケたぜ」

＊

降雨を予感させるように、外気が肌にまとわりつく。

五月二十九日午前、捜査本部では、昨日谷垣達が金子から得た情報について、久松署の署長である瀬山により壇上で説明がなされた。

「NPO法人NDLの特別顧問だった金子によると、第一の事件で特殊部隊の狙撃支援班に射殺された山本翔、並びに、第二の事件で突然死した美原優を除いた残りのメンバーは、代表者である《井岡光、三十三歳。男性》だけとのことである。なお残りのメンバーは、それぞれが抱える病気の進行により、すでに死亡していることが確認された」

事件解決に向けて大会議室に詰めかけている全員は、指揮陣と捜査員達の区別なく、極限まで集中力を高めているような緊張に満ちた面持ちだった。彼らから滲み出てくる鋭気により、室内の空気は沸点に達している。

そんな中、谷垣だけは、金子が最後に問い掛けた、

『正義とは、一体何でしょうか？　どこにあるのでしょうか？』

との言葉に思いを巡らせている。

どんな事情があろうとも、山本と美原が起こした事件は重大犯罪だ。

しかし、彼らはこれまで、必死に自分達の惨状を合法的に訴え続けてきた。にもかかわらず、ほとんど状況が変化しなかったため、凶行に及んだのだ。そういった経緯を考えると、万が一井岡も第三の犯行を計画しており、それを止めて身柄を確保しても、根本的な解決にならないことは明白だった。

自分達が摘発できるのは、社会全体にはびこる巧妙に仕組まれたあらゆる悪ではなく、あくまでも分かりやすい違反行為だけなのだと考えると、虚しさに貫かれた。迫りくる死の恐怖に怯えながら、最終手段としてやむにやまれずに銃を手にして人質を取って立て籠もり、惨状を訴えようとしたＮＤＬのメンバー達には向き合うことができても、国家権力の歪みを修正することは許されないのだと。

（――それではアンフェアだろう）

谷垣は内心で嘆いた。

本来ならば、山本と美原の凶行を摘発するのと同時に、歪んだ国家運営の膿の部分、今回の一連の事件で言えば薬事行政の問題も全て洗い出して改めさせるべきなのだ。そうでなければ、この世は何も変わらない。

(正義とは何か――)

世界をより良くするために、全ての方向に適用される、不変の理屈だ。

(社会は誰のためにあるべきか――)

決して、強者だけのものではないはずだ。

捜査会議が始まってから、谷垣は自問自答を続けた。自分の考えを青臭いとは思わなかった。こういった苦しい思惟によって生み出された信念こそが自らを突き動かす原動力になるのだと、固く信じているからだ。

壇上では、瀬山に代わり、久松署の刑事課長である丸橋が今後の捜査の指針について説明している。

「井岡が新たな事件を企てているかどうか、現在のところ、不明です。しかし、木内が美原に渡した三丁の銃のうち、残りの一丁が未だに行方不明なことも考慮すると、我々としては一刻も早く井岡の行方を探し出し、身柄を確保しなければなりません」

続けて丸橋は、井岡の生年月日などを説明した。

スクリーンの左端に、顔のアップ、上半身だけ、全身が写っているものなど、数枚の被疑者の写真が映し出された。急いで集めてきたものの中から何枚かを選び、加工したものだった。それらは事前に資料としてL版にプリントされており、井岡の情報が書かれた用紙とともに、全員の手元に配られている。

「当然、これからも井岡についての情報収集は継続しますが、昨日から現時点までの非常に短い時間の中で、我々が井岡を知る人々から聞いた話をまとめますと、井岡は、高校の頃から各種のボランティア活動、福祉活動に自発的に従事しており、教師や近所の住民達からは非常に評判がいい。人柄は極めて温厚で、また、非常に聡明(そうめい)でもあったようです。国立の関東教育大学へ進学してからもそれらの活動に一層力を入れたようで、大学卒業と同時に、ドラッグ・ラグ解決のために、NDLを設立した」

スクリーンに映し出されている井岡の外見は、どれも非常に特徴的なものだった。まず、井岡はかなりの長身だった。捜査員に配られた資料では、身長は百八十センチとなっている。そして、どの写真でも腹部が大きく前方に突出していて、体重が百キロを超えていることが容易に推測できた。頭髪が短く刈り上げられた井岡の顔つきは、頬がややブルドッグのように垂れ気味で、どの写真でも柔和に微笑んでいる。

「写真にあるように、井岡は非常に目立つ外見の男です。よって、発見することは比較的容易であると考えられます。住所は豊島区のアパートですが、ここ最近、彼の姿を見掛けた者はいません。とにかく我々は、今ある情報と外見的な特徴から、できる限り早く井岡の所在を割り出し、身柄を確保しなければなりません」

張り詰めた室内では、全員が手元の資料に釘づけになっている。

「もし、井岡も第三の事件を起こすつもりならば、都内に潜伏している可能性が非常に高いと思われます。井岡と身体的特徴が合致する通行人を徹底的に観察し、少しでも怪しい様子があれば、漏らさず職質を掛けるようにしてください」

その後、捜査本部は、万が一井岡が美容整形をして逃亡や潜伏を図ろうとしている場合を考慮し、業界団体に所属している比較的規模の大きな都内の美容クリニックに手配写真を送付して、現れた場合は通報するようにと協力を仰いだ。

また、当事件の重大さを鑑みた結果、当初の厚生労働省と関連団体に対する警備態勢を、より強固なものへと変更することに決定した。

久松署の捜査本部での会議を終えた特殊犯捜査第一係の一行は、昨日と同じシルバーのセダンに乗り込み、一旦警視庁へと踵を返した。

その後の特別対策本部の会議でも、捜査本部と同様に、一刻も早く井岡の身柄を確保しなければならないことが確認された。

＊

ＮＤＬの代表者であり、メンバーの中で最後に生き残った井岡光は、中学生の頃から社会問題に敏感だった。

テレビを見るにしても、同級生達がバラエティー番組やアイドルが出演する番組を好み、学校で話題にしている中、彼は、報道や報道特集、家族が寝静まったあとの深夜に放送される国内外のドキュメンタリー番組に注意が向いた。休み時間には、同級生達が大声を上げてはしゃぎ回るのを横目に、井岡はいつも物思いに耽った。そして、この世は何て問題と矛盾だらけなのだと苦しみ、何もできない、していない自分を嫌悪し、思い悩んだ。

高校生になると、井岡の崇高な性質はその度合いを益々強めていった。通学前に乳酸飲料を配達するアルバイトをして、僅かな給料は全て交通遺児を支援する団体などに寄付し続けた。放課後の空いている時間は、ほとんどボランティア活動に費やした。ネットや電話帳や地域の広報紙などで見つけた複数の福祉団体に連絡し、町内の清掃や、路上生活者達への炊き出しの手伝いなどに従事した。

井岡の通っていた高校は、福祉コースのない、一般的な都立高校だった。周囲から見れば浮世離れしているように見えた井岡の存在は、すぐにクラスで話題になった。

た。

「お前の行動位では、結局どんな問題も解決までには至らない」と嘲笑されることもあったが、一ミリでも事態をよい方向に向かわせることはとても大切だと井岡は考えた。

高校の同級生達からは疎んじられた井岡だったが、百八十センチ近い長身と肥満した体格、真面目に見える黒い短髪と高校生には見えない位に大人びた温厚そうな顔立ちから、放課後の活動先であるボランティアサークルや福祉団体では頼りがいがあると大変に受けがよかった。

井岡は、いつもそのような場で自然と、リーダーのような立場になるのだった。

高校卒業後、国立大学へ進学した井岡は、今まで以上に自由時間を全てボランティア活動や福祉活動にあてた。度を越した情熱に両親と弟は呆れかえり、自然と家族とは疎遠になった。

そういった活動を続けながら、井岡はライフワークを定めようと考えるようになった。まだ世間の関心が低く、積極的に活動している組織も少ない、問題解決の機運が高まっていない、重大な社会問題を探すことにした。数ある問題の中でも、命に関わる問題が最優先事項だと考えた。

「偽善者」

蔭口(かげぐち)で、あるいはわざと聞こえるように、井岡はたびたび同級生達から言われた。

大学生活の中、日々周囲の人々から話を聞き、様々なメディアに目を通し、井岡は自分が身を捧げるべき問題を探し続けた。

（これかも知れない）

老人ホームのイベントの手伝いをした時だった。休憩時間になり、置かれていたフリーペーパーに目を通しているうちに、認知症について書かれているページを見つけた。海外で勉強をしてきたある医師の談話が掲載されており、「向こうでは、認知症、アルツハイマーなどの病気の進行を遅らせたり改善したりする様々な薬が用いられているが、日本では規制が厳しく、使えないことが残念だ」といった内容だった。医師は、その問題をドラッグ・ラグと言った。

ドラッグ・ラグという言葉を、井岡は初めて知った。興味を持ち、自分なりに色々と調べていくうちに、問題は多種の病気にわたることが分かってきた。当時、その問題を、包括的且つ専門的に解決しようと取り組んでいる組織は見当たらなかった。

井岡は自らのライフワークをドラッグ・ラグの解決に定めた。大学在学中から色々と準備を進め、卒業とほぼ同時に、NPO法人である《NDL　ノー・ドラッグ・ラグ》を設立した。

当初、設立に必要な十人のメンバーには、井岡が、日々のボランティア活動や、福祉活動で知り合った者達をスカウトしてきた。しかし、彼らのほとんどは本業を持っていたため、実際のドラッグ・ラグの被害者がその役割を担うこととなった。

　メンバーは次第に増え続け、最盛期には井岡を入れて三十五人になった。また、正式なメンバーでなくても、会報を定期購読してくれたり、寄付をしてくれたり、様々な活動に不定期に参加してくれる準メンバーは、全国にその何倍もいた。

　メンバーだった山本と美原も、積極的にドラッグ・ラグ撲滅のための活動を行った。ある時、リーダーの井岡を筆頭に、山本や美原を加えた総勢十名のNDLのメンバー達は、あらゆるドラッグ・ラグを早急に解消して欲しいと、厚生労働省医薬・生活衛生局の審査管理課長に直談判へ向かった。

　その席で課長は、「国内ですでに特定の病気に対して承認されている薬の、ほかの病気に対する承認スピードを上げて欲しい」といったNDLのメンバーの訴えに対し、「うーん、でも、我々はやはり安全性を第一に考慮しているから、ほかの病気に対しての場合は、わざわざまた一から治験をしているわけで」と一蹴した。「海外で承認されていて安全性が保障されている薬品は、日本でも早く認可して欲しい」という訴えに対しては、「でも、外国人と日本人とでは、やはり体格も体質も違うからねえ」と、やる気のない口調で返事をした。

　また課長は、「この問題で一番社会的責任を問われているのは、実は製薬会社だよ」と強い口調で断定した。

「だって、我々がいくら省内検討会で難病や希少疾病の治療薬の開発の必要性を指摘しても、開発企業が見つからないことが多いんだよ。利益が見込めない、市場が限られた治療薬を、製薬会社は本気で開発したがらないからねえ」

課長は全ての責任を転嫁するかのように口にした。

そういった押し問答を長年にわたって厚生労働省と繰り返し続けても、結局、事態は好転しなかった。

NDLのメンバー達は、確実に迫りくる死の恐怖に耐えながら、必死に訴え続けてきた。しかし、残酷な時代の空気は彼らの訴えを無視し続けた。

力のない者達や、徹底的に追い込まれた者達には、願うことや祈ることしかできない。

そして、そんな彼らの祈りは見捨てられた。

残された道は二つしかなかった。

現状維持のままで死を待つか、それとも、行動を起こすか。

多くのNDLのメンバーは、悔し涙を流しながら前者の運命に飲み込まれ、次々と力尽きていった。その都度、NPO法人としてのNDLを維持することも困難になっていった。

そんな状況の中、最後に生き残った、山本、美原、井岡の三人は、戦うことを決意した。不本意に、理不尽に死んでいったメンバー達のためにも、劇的に現状を変えるにはそうするしかないと悟ったのだ。

そうやって、最後の最後に、彼らは暴発したのだ。

そして、山本は権力に射殺され、美原も死んだ。

結局、ＮＤＬのメンバーの中で最後まで生き残ったのは、皮肉なことに設立者である井岡だった。

＊

翌日は谷垣の公休日だった。

特殊任務を帯びているため、基本的に家族連れで人混みの中へ赴くことは好ましくないことだと、谷垣は十分承知している。しかし、ほかの家族のように土日に家にいられない分、今日くらいは家族サービスしなければと、奈菜が学校から帰宅するのを待ち、美樹と三人で台場にある商業施設へ出掛けた。

「パパと遊びに行くなんて、信じられない」

谷垣の左手を握る奈菜が、目を輝かせて口にする。

「よかったわね、奈菜。パパ、お仕事で疲れてるから、本当は一日中寝ていたいんだけど、奈菜のためだからって遊びに行くことにしたのよ」

奈菜の左側で同じように手を取って歩く美樹が、言い聞かせるように言った。

「ありがとう、パパ」

「いいんだ」

見上げる奈菜の笑顔を目にしただけで、谷垣は自然と頬が緩んだ。

「ここに来るのも久しぶり。楽しみだね」

「そうだね」

目的地へ到着すると、平日の夕方だからか、思ったよりもすいている。

「パパ、アスレチックへ行こうよ」

「うん」

奈菜の先導で、三人はアスレチックゾーンへ向かった。

「うお」

「キャア」

谷垣は奈菜を膝に乗せたまま、大きな排気口のような滑り台を滑っていく。

長い距離ではなかったが、慣れていないことと奈菜の体重が加わっているため、滑りきった谷垣は緑の床に思い切り尻を打ち付けてから軽くバウンドした。

「ちょっと、あなた。大丈夫？」

笑いをこらえきれない様子で、下で待っていた美樹が確認する。

「ああ、大丈夫。平気だ」

奈菜はさっさと立ち上がると、

「ねえ。次へ行こうよ」

と、まだまだ遊び足りないとばかりに二人を誘った。

「いいよ。行こう」

どういう施設か知らなかったが、谷垣は快諾し、美樹とともに奈菜のあとへと続いた。

ファサードの右側がレンガ造りの、一見するとカフェのような施設の中に、

「早く、早く」

と、奈菜が美樹の手を引きながら先に入っていく。

少し遅れて谷垣もあとへ続くと、すでに二人は受付カウンターでそれぞれ箱を受け取っていた。

「あなたの分も、登録を済ませてあるから」

美樹の言葉に谷垣も受付カウンターへ向かうと、男性スタッフが「どうぞ」と同じ箱を手渡す。

中身を確認した谷垣は、動揺する。透明なプラスチック製のオートマチックとサブ

マシンガンが、迷彩服の上に置かれているからだ。

すぐに谷垣は察した。

「ここは、サバイバルゲームの施設なのか？　全く、そうは見えないけど」

「そうだよ。レーザーが出るの。三人で、勝負しようよ。きっと、ナナが勝っちゃうけど」

どうしても、谷垣は気乗りがしない。

「ごめん。パパ、少し疲れちゃった。ここで待ってるから、ママと楽しんできて」

「えぇー、一緒にやろうよ」

「奈菜、いいから行くわよ。パパ、疲れているのよ」

気持ちを汲んだように谷垣に視線を送ると、美樹が奈菜の手を引いてフィールドへと進んでいった。

谷垣は妻の心遣いに感謝した。当然、自分の夫が普段からオートマチックのベレッタで訓練を重ねていることなど知る由もない。それでも、刑事として日常的に銃に接しているからこういうゲームをするのに抵抗があるのだろうと、推測してくれたに違いなかった。

夜になると、三人は施設内で夕食をとろうとした。しかし、日が落ちてからの方が来場者は増え、レストラン、フードパーク、カフェ、めぼしいところはどこも混雑している。

「あなた。別に、食事は違うところでもいいんじゃない？　ねえ、奈菜」

「うん。どこでもいいよ」

二人の提案に、谷垣も「そうだな」と同意する。

ゆりかもめに乗り、三人は品川へ向かった。

高輪口から外へ出ると、すぐに奈菜が、

「ああ、グラタンだ」

と声を上げた。

奈菜の指さす方へ谷垣が目を向けると、ファミリーレストランに大きな垂れ幕が下げられており、〝絶品グラタンフェア開催中〟とあった。

「ナナ、グラタン食べたい。グラタン大好き」

谷垣は奈菜の好物だったことを思い出す。

「ねえ、あなた。あそこでいいんじゃない？」

「そうだな。奈菜がいいなら、いいよ」

「やったー」

不意に、谷垣は微かな咆哮を聞いた気がした。

しかし、周囲を見渡してみても、特に変わった様子は見られない。

「パパ。きょろきょろして、どうしたの？」

「いや、なんでもないよ」

店内へ入ると、奈菜の強引な勧めにより、三人とも同じ国産エビを使用したグラタンを注文した。

「ふー、ふー、あついけど、おいひい」

奈菜は、何度も熱がりながらも、満足そうに口に運んでいる。

久々に家族との充実した時間を過ごすことができ、谷垣は心より満足した。

*

中田は悪夢にうなされることはない。

しかし夢は、過去に刻まれた不快な記憶を、時折、強制的に再生する。

「お前を食わせるために、嫌々働いてやってるんだぞ」

左官職人だった中田の父親は癇癪持ちだった。常にいらついており、なにかにつけて母親を怒鳴りつけ、相手がすぐに謝らないと暴力をふるった。

「あなた、やめてください。私、このままじゃあ病気になっちゃう」

幼かった中田が、髪をつかまれている母親をかばうように、間に入る。

「お前は向こうへ行ってろ」

父親は振り払うようにして、中田の体を押しのける。

それでも、すぐに中田は、再び母のもとへ駆けつけた。

「こいつ」

父親が中田の頬を叩く。

初めての血を味わいながら、衝撃で中田は倒れ込む。

やがて、自らの言葉通り、母親はガンに罹り、あっけなく死んでしまった。

母親の死後、父親は中田を鬱憤のはけ口にするようになった。

「なんだ、その目は」

上から首元をつかまれたまま、何発も平手打ちを食らい続ける。もう、血の味にもなれていた。

「どうして謝らないんだ」

ぶたれる瞬間に反射的に目を閉じてしまう以外、中田は父親の顔から視線を逸(そ)らさなかった。相手は人間に見えない。全体の輪郭が歪んだ、灰色の、得体のしれない異物だった。

実際に、今も中田は顔を思い出すことができない。

「可愛(かわい)くねえガキだな」

父親が中田の両肩をつかみ、放り投げた。

中田は近くの壁に強か（したた）に頭を打ち付け、崩れ落ちる。

（いつか、必ず――）

朦朧（もうろう）とする意識の中、冷徹な復讐心だけが心を覆った。父親に対する恐怖はなかった。それでも子供ながらに、今は何をやっても絶対に勝てないことは悟っている。だから、自分がもう少し大きくなって、力を得るまでは、せめて泣き喚かず、黙っていることで、相手をいら立たせてやろうと決めていた。

少しのち、父親は中田を捨てて家を出た。

結局、復讐は果たせないままでいる。


公休日――中田は、決してそれとは分からぬようカモフラージュされている、第六機動隊の待機寮を朝早く抜け出した。

外出許可や届け、点呼の類などは、完全に無視している。何といっても自身が寮長であるため、公務さえそつなくこなしていれば、私生活は実質やりたい放題に近かった。面倒なことは全て、副寮長に丸投げしている。

グレーの半袖の綿シャツに着古したデニム姿の中田は、背筋を伸ばしたまま、朝の街を早足で進んでいく。今にもシャツが裂けてしまいそうな胸板の厚さと二の腕の太さ、スキンヘッドと細く整えられた眉が相まって、ハリウッド映画に出てくる囚人のような出で立ちだった。

どれくらい歩いただろうか——中田は五反田駅前に到着した。東口方面へ向かい、通りを進んでいく。

やがて、性風俗店が立ち並ぶ一角に差し掛かった。過去に睾丸ごと陰部の神経を破壊され、不能者となった中田には、全くもって縁遠いエリアだった。事実、目に飛び込んでくるソープランド以外の看板の名称は、一体どのようなサービスを提供する場所なのかよく分かっていない。

そんな中田の目的は、違うところにある。

「おにいさん、一発どうですか？　今なら早割タイムですよ」

蝶ネクタイを締めた若い男が近づいてきた。

一旦は無視してやり過ごした中田だったが、なにかを思い出したように踵を返す。

「なあ。例の店、まだやってるか？　ずっと奥のクリーム色のビルに入居している、裏スロの店。三階の店だ」

キャバクラや風俗店のキャッチや従業員は、ギャンブル依存症だらけだ。借金で首が回らなくなり、返済のために仕方なく勤務している者も多い。そんな彼らだからこそ、間違いなく周辺の闇カジノや裏スロット店の情報に精通している。

「ああ、大丈夫っす。まだ、場所変わってませんよ。俺も、たまに打ちにいきますから。まあ、負けてばっかっすけど」

蝶ネクタイの男が、同好の士に向けるような笑顔を向けた。

「そうか」

中田は再び歩き出す。

しばらく進むと、左前方に古びたクリーム色の雑居ビルが見えてきた。五階建てで、飲み屋や雀荘(ジャンそう)などが入居しているが、右側に掲げられているフロア案内のメタルプレートは、三階だけが不自然に空白となっている。

典型的な、闇カジノや裏スロット、裏風俗などの、入居パターンだった。警察の摘発が厳しいため、彼らは一定期間、短期間のうちに、営業場所を次から次へと移動させる習性がある。

エレベーターで三階まで上がった中田は、降りてすぐ目の前にある何の表示も出ていない扉を開け、中へ進んだ。

「いらっしゃいませ」

黒いスラックスにカッターシャツ姿の、頬がこけている短髪の男が出迎えた。

店内には、《吉宗》、《獣王》、《アラジン》など、一撃で大量出玉が期待できる、すでに廃止された四号機のラインナップが配置されている。食事などで頻繁に客に出入りされては困るからだろう、奥の方には〝無料〟と書かれたプレートが立て掛けられている簡易テーブルが設置され、かごに入れられた菓子パンや、電気ポットとカップラーメンなどが置かれていた。

裏スロットの営業時間は、夜の八時頃から午前十時まで、遅くても正午までが一般的だ。中田が入店したのはすでに閉店に近い時刻だったため、ほかの客の姿も、サクラらしき者の姿も、見当たらない。

躊躇することなく、中田はいつも通り《ジャグラー》の台へ向かった。現在もシリーズが続く、超人気機種だ。単純なAタイプで、ビッグボーナス、レギュラーボーナスにかかわらず、抽選に当たると左側のレバー付近にあるGOGOランプが光って告知する。

裏スロットでは、レートも、プレイルールも、店舗によって様々だ。ここではメダル一枚の代わりに百円玉を使用する。一回リールを回すのに三クレジット、つまり三百円が必要で、その都度、パチスロ本体の正規のメダル投入口ではなく、右側に設置されている改造された特殊硬貨投入口へ百円玉三枚を投入する。

通常のパチスロ店だと、メダル一枚を二十円前後で借り、換金時にも同じレートで精算する。つまり、ここは表の五倍ほどの高額レートだ。

近くの両替機でまとまった千円札を百円玉に崩した中田は、腰を下ろすとプレイを開始した。

　右側に設置された特殊投入口へ百円玉を三枚入れると、中田は右の拳を縦にして力任せにレバーを叩き、続けて正拳突きのように三つのストップボタンを左から止めていく。

　ガン。ガン、ガン、ガン。

　ちょっとした交通事故のような衝撃音が響く。

　リズムよく、中田は同じ動作を繰り返していった。

「あのー、お客様。もう少し、丁寧にプレイしていただけませんか？　台が壊れてしまいますので」

　短髪の男が声を掛ける。

「この野郎、とっとと光れ」

　しかし、中田の耳には全く届いていないようで、プレイに集中している。

　力任せに叩いているからだろう、レバーの先端の丸い部品が外れ、どこかへ転がってしまった。

　しかし、中田は気にする素振りを一切見せず、細いステンレスの棒状だけになったレバーを相変わらずぶっ叩き続ける。

　困り顔の短髪の男が、奥へと進んでいった。

「店長」

短髪の男の呼び掛けに、奥からポニーテールの年嵩（としかさ）の男が出てきた。

「どうした？　なんかあったか？」

「ええ。向こうの、ジャグラー打ってるやつ、レバーぶっ壊すほどの力で回してんすよ。注意しても無視するし、変にごついから、俺もそれ以上言えなくて」

　ポニーテールの男が、店内へ踏み出し、身を乗り出すようにして確認する。

「ああ。あの、最近たまに来る、スキンヘッドか」

「知ってるんすか？　ボクサーくずれの宮脇（みやわき）を呼んで、出て行ってもらった方がいいんじゃないですか？」

「お前、知らないのか。その宮脇は、あいつにのされたんだ。まあ、のされたって言っても、お前と同じように打ち方が乱暴だって肩をつかんで注意したら、その手を取られて、腕ごとねじられたんだ。あいつは、それにびびって、ここを辞めた」

　短髪の男は小さく口を開けている。

「なら、店長。せっかくなんで、みかじめ払ってる組の人に来てもらったらどうですか？　こういう時のために、金を払ってるんですから」

　ポニーテールの男の顔が険しくなった。

「お前、馬鹿か。あのスキンヘッドだって、どこかのやばいやつに決まってる。わざわざ組の人間呼んで、それでトラブルが起こったらどうするんだよ。そうなったら、うちの店から因縁を作るようなもんじゃねえかよ」

「確かに」

タバコを取り出して火をつけると、ポニーテールの男は長々と鼻から白い煙を吐き出した。

「大丈夫。あのスキンヘッドは、無理なことは言わねえよ。百や二百勝つまで粘るわけでもねえし、何か文句を言ってくるわけでもない。いつも、十万二十万くらいの、しょぼい勝負しかしていない。今日も、遠隔で五連チャンくらいさせてやれば、満足してすぐに帰るはずさ」

「じゃあ、打ち方がやばいやつってだけなんすね？」

「そうだ。だから、何度か勝たせてやって、気持ちよく帰ってもらえば、うちの店に気を許すだろう。そうすれば、ああいう危険なマッチョ君を、何かの機会に使えるようになるかも知れねえぞ」

ポニーテールの男が再び奥へ姿を消す。

その直後、中田のGOGOランプが光った。

「やっと来たか」

中田は拳で、中央のラインに赤七を三つ揃えた。

「おい、当たったぜ。メダルもって来いよ」

「はい、ただいま」

赤いドル箱に三百五十枚のメダルを入れ、短髪の男が歩み寄る。それを、中田の右の足元へ置く。通常なら七千円ほどの価値となるが、ここでは三万五千円だった。

「よーし。また光ったぜ」

ビッグボーナス後の三プレイ目で、再びGOGOランプが光る。

同じようにして、中田が赤七を揃える。

短髪の男がメダルスコップに入れられた一回分の出玉を運んでくると、中田の足元のドル箱へと入れた。

その後も、中田の台は鋭い連チャンが二回続いた。

「もう十分だ。換金してくれ」

「かしこまりました」

その場で、中田は短髪の男から十四万円の現金を受け取る。結局、約十三万円の利益を手にしたこととなった。

裏スロット店をあとにした中田は、再び五反田駅東口付近まで戻ってきた。

小さな飲み屋が軒を連ねる通りの中で、唯一の角打ち（かくう）へ向かう。

狭い店内のテーブルも、軒先のビールケースを重ねた飲み台も、すでに満席だった。

仕方なく、五百ミリリットルのビールを五缶購入し、店の前の歩道の端に胡坐(あぐら)をかき、飲み始める。

最後の一缶が空になりそうな頃、中田は背中を後ろから蹴られた。

「邪魔だろうが。こんなところに座り込みやがって」

立ち上がった中田が振り向いた。

浅黒くて頬と両腕の骨が浮き出た、六十歳近くに見える、白髪交じりのレトロなパンチパーマの男が立っている。

「俺が邪魔なら、黙ってよければいいだろう。違うか？　アナクロやくざ」

「なに。なんで俺が、わざわざよけねえとならねえんだ」

「そうか。ほんのちょっとよけるのも嫌なら、そりゃあ、蹴るか、殴るかしかねえよな。今も、俺はあんたの行く手を塞いでるぜ。どうする？」

赤ら顔の中田が眉を吊り上げる。

「うるせえぞ、坊主」

パンチパーマの男は右の拳で殴り掛かった。

しかし、中田は左頬に打撃を受けても微動だにせず、反対に、パンチパーマの男の方が「あっ」と声を出して後退し、痛みを紛らわすように必死に右手を振り続けている。

「ハッハー。殴り掛かってきて、そのざまかよ」

「ちきしょう」

パンチパーマの男は近くに転がっていたビール瓶を右手に取ると、「このくそがき」と声を上げながら中田の頭へ振り下ろした。

笑いながら中田は、その手首をキャッチした。

「遅いぞ。ビール瓶で人の頭を殴ったことがないから、躊躇したんだろう？　やくざのくせに、修羅場をくぐってないんだな」

中田はつかんだ手首ごと相手の体を押し返す。

「うっ」と小さく漏らしながら、パンチパーマの男はバランスを崩したかのように後退した。

「お前。許さんぞ。ちょっと、そこで待っとけ」

パンチパーマの男が小走りで去っていく。

しかし、十分もたたないうちに舞い戻ってきた。傍らには制服警官を伴っている。

「こいつだよ。こいつが俺を突き飛ばしたんだよ」

パンチパーマの男が中田を指さし、唾を飛ばしながら口にする。

「こんにちは。駅前交番の者なんですが、ちょっと一緒に来ていただけますか？　お話を聞かせてください」

　中田が自分と同年代に見える制服警官の階級章を確認すると、巡査だった。

「こちらの方と、お二人からお聞きしますので」

　中田は左掌を相手に向け、右手でスマートフォンを取り出すと、警視庁内のある部署へ連絡した。

「今お電話されると、困るのですが」

　中田は無視し、「私です。今、アホに絡まれて困っています。大崎署の管轄内です。駅前交番の巡査がいるので代わります」と言葉を続ける。

「電話に出ろ、巡査」

「えっ」

「早くしろ」

　戸惑いながらも、制服警官はスマートフォンを手に取り、耳に当てる。

「もしもし。えっ、警視庁の――。ええ、そうです。ええ、第六、機動隊――。分かりました。失礼いたします」

　通話を終えた制服警官は、小刻みに震えながら姿勢を正した。

「大変失礼いたしました、警部補。特殊任務に就かれている方だとはつゆ知らず、とんだ無礼を働いてしまい、お詫び申し上げます」

制服警官が畏まる様子を見て、パンチパーマの男が呆気にとられる。

「もういい。それを返せ」

「どうぞ」

「巡査、名前は?」

「本職は門上であります」

「そうか。では、門上巡査。この男を一時拘束し、今から大崎署へ連絡し、連行してもらえ。私はこの男に、蹴られ、殴られた。あっちにいる多くの角打ちの客が見ているはずだし、そこらの街灯の防犯カメラにも一部始終が記録されているはずだ」

「了解」

門上に両手首をつかまれたパンチパーマの男が、「ちょっと、なんでだよ、おい」と取り乱した。

「残念だったな、インチキやくざ。はったり合戦に負けた腹いせに、交番へ駆け込んだのが間違いだったな」

すぐにパトカーが来ると、パンチパーマの男は連行されていった。

「さて、門上巡査。私は、君と少し話がある。一旦、交番へ行こうか」

「分かりました」

二人は並んで駅前交番へと向かう。

中に入ると無人だった。

「門上巡査、ほかの者達は？」

「巡回へ行っております」

「そうか。じゃあちょうどいい」

中田が手前の椅子に座り、門上は正面奥に立ったままでいる。

「年齢は？」

「二十五です」

「俺とタメだな。階級は、こちらが二つ上だが」

中田が確認すると、門上は結婚指輪をはめていた。

「もう身を固めているのか。よかったな、うぜえ待機寮からいち早く抜け出せて」

「いえ、そんな」

門上は視線を逸らし、ばつが悪そうにしている。

「今日は、一勤二休の初日か？」

「そうです」

「じゃあ、特別にプレゼントだ。今から二階へ行って、早めに仮眠をとっていいぞ。俺が許可する。明日の早朝まで寝ていていいぞ」

「いえ。とても、そういうわけには」

「せっかく結婚したのに、激務でEDになったら大変だからな。ただし、マスはかいてはならんぞ。せっかく結婚したんだ。無駄撃ちしてはならない。日本は少子化だろ。奥さんのために、とっておけよ」

困ったように、門上は伏し目がちになる。

「我々は、国民に奉仕する公僕だ。俺の上司の一人も、警察二条を守れと、ことあるごとに言っている。そんな大事な二条にも書いてあるだろう。〝どんな理由があろうとも、勤務中にマスターベーションを行ってはならない〟って。分かるな？」

「ええ」

「では、今の条文を言ってみろ」

「それは」

「言え」

地響きのような中田の声だった。

「どんな、理由が、あろうとも、勤務中に、マスターベーションを行っては、ならない」

中田が軽く手を叩く。

「よし。なにも心配はいらないぞ。しばらくの間、俺がこの地域を見守っていてやる。では、とっとと二階へ行け。何かあったら、本庁の第六機動隊所属の、謎の男に寝てていいと言われたと釈明しろ。分かったな？」

「了解」

「行け」

中田が眉を吊り上げながら大声を出すと、門上はうつむいたまま二階へ上がっていった。

駅前交番を出てからも、中田は違う店で夕方六時過ぎまで飲み続けた。その後、あてどなく歩き続け、品川駅周辺までやってくる。

前方、数十メートル先は、高輪口周辺だった。

「かっ。グラタンフェアだあ？　だっせえ」

左右の視力がともに二・〇の中田は、夜目（よめ）もきく。駅前近くのファミリーレストランに掲げられている大きな垂れ幕に書かれた〝絶品グラタンフェア開催中〟の文字を、はっきりと読み取ることができた。

その時だった。

（――あの背中は）

思わず中田は立ち止まる。

煌々（こうこう）としたファミリーレストランの照明の中に、見覚えのある背中が映った。左手で小さな女の子の手を握り、後ろには妻らしき女もいる。

(——間違いない。家族連れの、あいつだ)

三人は入り口の前に立ち、すぐ近くに置かれたPOPとメニューに目を通している。

「嘘だろう、おい。特殊任務に就いてる男が、グラタン食うのかよ」

腹の底から驚いた中田が絶叫した。

その直後、背の高い男が振り返り、ざっと辺りを見渡す仕草を見せた。

「ステーキや、焼き肉なら、分かるぜ。でもよう、いくら家族連れだからって、特殊班の要員がグラタンなんか食うのかよ。ええ」

通行人が不審そうに中田に目を向けるが、みな、関わりたくないといった様子で足早に通り過ぎていく。

やがて、ファミリーレストランの前に立っていた三人が店内へ入っていった。

「やっぱり、あんたはおかしいぜ、特殊班係長」

中田が闇の虚空に叫んだ。

＊

六月五日、谷垣は久松署での捜査会議を終え、いつも通り続けて特別対策会議に出席するために警視庁へ戻った。

進展なしの報告しかなかったため、捜査会議は思いのほか早く終了した。

谷垣は廊下をゆっくりとした足取りで歩いていった。

前方から、谷垣より僅かに背が低く、逞(たくま)しい体格の制服姿の男が歩いてくる。気味の悪い笑みを口元に浮かべ、谷垣を恨めしそうににらみつけている。

不穏な視線に気がついた谷垣は、足を止めた。相手と顔を合わせるのは数年振りだった。

「よう、谷垣。久し振りだなあ」

「佐伯(さえき)さん」

四十代後半の佐伯警部補は、谷垣が丸の内署に在籍していた時の、上司だった。

「谷垣。今じゃあ、お前はその若さで、階級も俺より上の警部で、おまけに本庁の一課所属か。全く、すげえ出世だよな。俺も、お前に告発されるまでは、それなりに出世コースに乗っていたのになあ。でも今は、車庫証明の手続き係に降格されたままだ」

佐伯は数年前に、谷垣が入手したいくつかの動かぬ証拠により、ある歓楽街の複数の性風俗店並びに飲食店との癒着が露呈した。小さくではあったが実名で報道もされた。

佐伯は当局が温情をもって勧めた依願退職を頑なに拒み続けた。結局、それまでの実績と、相手から便宜を図ってもらった金額が少額で、すぐに弁済したことなどが考慮され、何とか退職は免れた。以来、懲罰的な人事異動を甘んじて受けざるを得ない状況が続いている。

「佐伯さん、一体どうしたんですか？　わざわざこんなところまで来て、私に、何かご用ですか？」

谷垣が問いただすと、佐伯はあからさまに卑屈な笑顔を作った。

「谷垣。俺は、この時を待っていたんだ。俺も、警察に入って長い。本庁にも、何人かの仲間がいる。お前だって分かってるとおり、俺達の世界は狭いんだ」

何が言いたいのか、谷垣には分からない。

「お前、ただの捜一じゃないんだってな。特殊班にいるんだろう？」

警視庁関係者でもごく一部の者しか知り得ない事実を突きつけられて、谷垣は言葉に詰まった。

「しかも、第一係の係長なんだって？　全く、たいした男だよ。いつの間にか、天下のSITのトップとはな」

「あんた、どうしてそれを——」

狼狽した谷垣を見て、佐伯は満足げな表情を浮かべた。

「そんなの、どうだっていいだろう」

(誰が漏らしたんだ――)

卑しい笑みを浮かべたまま、佐伯が一歩、近づいた。

「当然ながら、厚労省を狙った例のテロ事件、あれの指揮をとっているのもお前なんだよなあ?」

無言のまま、谷垣は奥歯を嚙み締める。

「俺は、関係者からはっきりと聞いたよ。これまでの二つの事件、お前の現場での指令が滅茶苦茶だったせいで、事件解決の鍵を握るはずだった被疑者を、なんと、二人とも、無駄死にさせちまったんだってな」

「何を言ってるんだ」

「しかも、一人目の被疑者はガキ、未成年だったんだってな。谷垣、お前は、その手でガキを射殺したんだろう?」

「おい」

無意識のまま、谷垣は右手を喉輪(のどわ)のように佐伯の首にあてがった。

口元を歪めたままの佐伯は、怯むことなくすぐにそれを両手で解く。

「谷垣。俺は、ずっと待っていたんだ。お前のミスや、不祥事が発覚して、それを、面と向かって笑ってやる時を。今回の一連のテロは、世間も注目する大きなヤマだ。事件が終結して落ち着いたら、世論から真相を求められるだろう。そうなれば、二人の被疑者を現場で無駄死にさせた責任も追及されるはずだ。だから、お前の驚異的な出世も、ここまでだろうな。そう言ってやりたくて、今日は足を運んだんだよ」

「わざわざ、そんなことを言いにきたのですか」

谷垣は怒りを押し殺し、歩き出した。

佐伯はその背に向けて、「ざまあみろ。身内を売りやがって」と吐き捨て、さらに「現場にはなあ、お前のことが嫌いなやつも結構いるんだぜ」と言い放った。

陰鬱な気分のまま、谷垣は早目に特別対策会議が開かれる大部屋へ入った。時間が早過ぎるためか、誰もいない。

谷垣は中央を進んでいき、右側の後方付近にあった長テーブルの、左端の椅子に腰を下ろした。

そのまま少しの間、一人で苦い思いを噛みしめていると、不意に誰かに左肩を叩かれた。

「何だ、もうここにいたのか。どこにいるのかと思って、俺、あちこち探しちまったよ」

谷垣が振り向くと、制服姿の中田が立っている。

相手はいつもこの会議に出席する時と同じで制帽は被っていない。気味の悪い笑顔を剝き出しにしており、佐伯との一件があったばかりの谷垣には普段にも増して底意地悪さが滲み出ているように映った。

　少しだけ通路を進むと、中田は谷垣を左斜め上から見下ろす位置で振り返り、立ち止まった。

「どうした？　私に、何か用なのか？」

　谷垣が問い掛けると、中田は両眉尻と口元の両端をこれまで以上に不気味につり上げ、嬉しそうに笑い出す。

「もちろん、用があったから探したんですよ」

「何の用だ？」

「結構な人数の署員が、あんたが特殊班のトップだって噂してるぜ。しかも、今回の一連の事件で、あんたの馬鹿な指令によって被疑者が二人とも死んじまったっていう尾ひれまでついてるよ。実際は、最初のガキに狙撃命令を出したのは俺で、あんたはびびって何もしなかったのに、本当、笑っちまうよな」

　谷垣の中で、先ほどまで嚙みしめていた苦味が急速に拡散していった。

「あんた、普段から俺に、警察二条がどうのとか、偉そうなことばかりほざいてるくせに、それがこのざまかよ。自分では、単なる守秘義務の履行もできねえのかよ」

　水を掛けられたかのように、谷垣は思いつく。

「そうか。お前が触れ回ってるんだな」

確信とともに、声を荒らげた。

「はあ？　あんた、馬鹿か？　噂を流している犯人が、わざわざそのこと伝えにくるかよ。俺は、酔った勢いで、あんたが知り合いの刑事や警官に自慢したんだと思った。実は、自分は特殊班なんだって」

「私は、自分の詳細な身分については一切誰にも言っていない。家族にも、親戚にも」

中田はにやにやしながら、「まあ、それはそうかもな」と小馬鹿にするように口にする。

「そうなると、やっぱり、俺、駄目だ。おかしくて、どうしても笑っちまうよ。自分を尊敬してると考えていた部下が、俺と同じくあんたのことを軽く見ていて、誰かにちくっちまったに違いないんだから」

谷垣は、黙って相手を見据えたまま、両頬の内側の肉を嚙み続けた。

「係長。生死をともにする同僚に、簡単に裏切られるということは、大変不幸なことですねー」

口中に広がる鉄の味を、谷垣は嚙み締めている。

「都合が悪くなると、何も言わないんですか？　いつものように、熱い演説をぶってくださいよ。でも、それは無理か。誰が触れ回ってるにしろ、あんた自身の身分が漏れ出している状態なんだから」

正鵠を射る指摘に、谷垣の腸は煮えくり返る。

満面に不気味な笑みを浮かべている中田が、腰を屈め、椅子に座ったままの谷垣の両肩を正面からつかんだ。そのまま軽く前後に揺さぶりながら、

「な。あんたも、これで分かっただろう？　この世はくそみてえなところで、何も確かなものなんてないってことが」

と、まるで諭すように、ふざけた口調で言った。

「もうあんたもよー、家庭とか、正義や、部下や同僚、警察組織そのものに、生きがいや拠りどころを求めねえで、男ならよー、俺みたいに、力に求めろよ」

「そうだな。俺達の世界では、所詮、ものを言うのは実力だからな」

「おお、ようやく分かってくれたんですね」

谷垣が立ち上がる。

赤いチェックのネクタイを素早く外すと、テーブルの上に無造作に置いた。ワイシャツの一番上のボタンを外し、紺のスーツの上着を脱ぐと、それも乱暴に畳んでネクタイの上に放った。

「お前を、潰してやる」

谷垣が低い声で告げると、相手は大きく口を開けて笑い出す。

「本気かよ、おい。あんたも、懲りないおっさんだなあ。マジで、俺に勝てると思ってんのかよ？」

「ああ」

相手の両目を見据えたまま、谷垣は決意を込めて返事をする。

「ふーん。上等だよ。会議開始までには結構時間があるからな。それじゃあ、誰かが来る前に、やってやるよ」

中田は首を左右に倒す仕草をした。

「あんた、警察学校の専攻は、確か剣道だったよな？　噂で聞いた」

「そうだ」

「繊細で、潔癖性の王子様。あんた、本当は、防具やプロテクターを一切つけないで、剝き出しのまま相手と素手で格闘するのが、生理的に嫌なんだろう？」

胸の奥底に隠している本音を、勘が鋭い中田に見抜かれて、谷垣の憤怒（ふんぬ）はさらに大きくなる。

「いいぜ。竹刀はないけど、ハンデで、これを使わしてやるよ」

中田は自分の左腰から特殊警棒を抜き取り、谷垣へ差し出した。

「ありがたく使わせてもらう」

受け取った谷垣は、それを伸ばし、構える。

自分だけ武器を使うことを、卑怯だとは思わなかった。自分よりも相手の方が、体力、格闘技術、凶暴性、どれを取っても優れていることは明白だった。

どんな手を使ってでも目の前の男を叩き潰さなければならないのだと、自らに強く言い聞かせる。

両側に長テーブルが並べられた中央の通路部で、中田は戦闘体勢をとった。

「あんたのことは、最初に見た時から、いや、何度か噂で聞いた時から、マジでむかついていたんだ。あんたは、自分こそが正しい、まともだという風に振る舞って、他人の粗探しばかりする嫌な野郎だって。実際に現場で会ってみて、自分の考えが正しかったって分かったよ」

中田は、狭い足場で小回りを利くようにするためか、スタンスを狭くした空手の左三戦立ちのような姿勢になった。谷垣の持つ特殊警棒での攻撃を警戒しているのか、両手を高くして顔の両脇には添えず、視界を広く保つためだろう、胸の前で構えている。

「お前は、幸せで、恵まれているから、身の毛がよだつような理想を平気で口にできるんだよ。色んなことが上手くいき過ぎていて、勘違いしまくっている。だから、今から俺が、その腐った性根を叩き直してやるよ」

「私は、勘違いなどしていない」

中田の表情が一変する。今までも十分鋭くつり上がっていた両眉と口元が、より一層、湾曲した。もはや人間ではなく、魔物だった。

「俺は、幸せなやつらや、上手く生きてるやつらは、大嫌いなんだ。そういうやつらは、一人残らず、ぶちのめしてやりてえ」

谷垣が、右手で中段に構えている特殊警棒で、中田の首元を狙って突いていく。

しかし中田は、それを左へかわすと即座に、頭突きを谷垣の鼻へ叩き込んだ。

「ぐっ」

中田が、

「次の一撃で、お前の鼻柱をへし折ってやる」

と冷たく宣言した。

鼻からは多量の血が滴り落ちたが、谷垣は構わず、すぐに体勢を整えて、右手で特殊警棒を構え直す。

今度は、特殊警棒で薙ぎ払うように、相手の左右のこめかみを狙って連続で攻撃する。

そのたびに、中田は小さくすり足で後退し、すんでのところで見切った。

谷垣の一連の攻撃は、実はフェイントだった。がむしゃらに、ただむきになって攻め立てているように見せて、一瞬の隙を狙っている。

（今だ）

谷垣に勝機が見えた。それは、自分の本気の面打ちならば、確実に相手を仕留められると確信できた瞬間だった。

無駄な力が一切入っていない滑らかな動きで、谷垣は完璧な一本を取りにいった。完全に相手の頭蓋骨を陥没させる覚悟だった。

しかし、中田の太い左前腕は、谷垣の渾身の面打ちを左上段受けでブロックした。中田はそのまま、右の裏拳を、軽快かつ確実に、谷垣の鼻頭へ叩き込む。

「うっ」

谷垣は衝撃で特殊警棒を離し、後ろへ尻をついた。

中田がすかさずその上にまたがり、右手で首をつかんで床に押しつける。

「ハッハー。どうだ。やっぱり、俺の勝ちだ。あんたは、本当の戦場で通用する男じゃない。あんたは、単なる、勘違いしたエリートのお坊ちゃんだ」

「そう、かもな」

「だろう。分かればいいんだよ。これからは、少しは勘違い発言を控えて下さいよ」

谷垣の答えに満足したのか、中田は、右手を離し、傍らの特殊警棒を拾い、立ち上がった。

返している。

一方の谷垣は、背中を床につけたまま、落ち着きを取り戻そうと、荒い呼吸を繰り返している。

しばらくすると、生気のない顔のまま、何とか上体だけを起こした。

「私達は、本当は、こんなことをしている場合じゃないんだ」

谷垣が気の抜けた声で口にする。

「あっ？」

「君も、日本刷新党と名乗った、一連の連続テロ事件の犯人達、NDLのメンバーの背景は、説明を受けて知っているだろう？」

「ああ。だから、何だよ？」

「確かに彼らは、最初の事件の犯人の山本翔も、第二の事件の犯人の美原優も、重罪を犯した。だけど、仮に彼らが生きていたとして、二人を逮捕するだけで、君は、本当に本質的な問題が解決すると思うか？」

「はあ？」

「我々警察は、安全な市民生活を守るとともに、社会正義を守るために、存在しているはずだ。それなのに、今回の一連の事件でも分かるように、銃を人質に突きつけるような表面的な罪にしか向き合うことはできない。我々には、国の根本的な歪みを摘発し、矯正する力はないんだ。君は、それを虚しいとは思わないか？」

谷垣の吐露した心情と、自分への問い掛けを聞いた中田は、呆れたように口元を歪ませ、相手の正面にしゃがみ込んだ。

「何だよ。たった今ぶちのめされたばっかりなのに、あんまり懲りていないみたいだな。あのなー、俺達は、神じゃないんだよ。この世の全てを正すことなんて、始めからできねえんだよ。俺達にできるのは、警察官職務執行法にのっとって、明らかに刑法に抵触している事案を検挙することだけだ」

「そんなことは、分かってる。だけど、本当にそれだけで、君は虚しくないのか？」

中田が口を大きく開き、おかしそうに笑う。

「そんなことで、虚しさなんて感じねえよ。だってよう、俺、普段から空っぽだからな。そもそも俺は、あんたと違って、最初から、世の中は滅茶苦茶で、最悪なところだと、ちゃんと分かってるんだよ」

谷垣が見詰める中田の表情は、実ににこやかだった。

「あんたが言ったとおり、俺達警察が対応できるのは、目に見える、分かりやすい、小手先の罪だけだよ。でも、それが俺達の仕事だろう？　ルーチンワークだよ。俺達に、この世の本質的で、構造的な悪を是正する力なんてないんだ。俺達は、単なる行政官、権力の下っ端なんだ」

笑みを浮かべたままの中田が、励ますように右手を谷垣の左肩へ置いた。

「だから、悩むことなんてないんだ。俺達は、社会正義実現のための使者じゃない。現行法を遂行するための、単なるロボットなんだ」

しゃがんだままの中田が、今度は真顔になって谷垣を見据える。それから、自らの左胸の階級章を右手の人差し指で指し示すと、

「俺達がここにつけているのは、公平中立、不偏不党、正義の遂行を示す紋章なんかじゃねえんだよ」

と冷静に告げた。

「俺達がここにつけているのは、〝偽りの紋章〟なんだよ」

中田が指さしたままの階級章は、半円形に細長い長方形が重ねられたもので、中心には金色の警察章が輝いている。

「いいか。この紋章は偽物なんだ。考えてみろよ。我が警視庁は、被疑者が政府の御用記者なら、捜査陣が何ヶ月も掛けて準備した準強姦罪の逮捕状の執行を平気で取り消すんだぜ。検察だって同じだ。閣僚のガキが起こした集団昏睡レイプなら、絶対に起訴しねえんだよ。この国も、俺たち行政も、法治主義じゃねえんだよ。法の下の平等なんてないんだ。この国は、インチキ主義、隠蔽主義、狡いやつらが得する国なんだ。律儀に法律を守らされるのは、無力だったり、馬鹿正直だったりする、奴隷根性の一般国民だけなんだよ。まっ、そういう意味では、今回の事件の加害者達も哀れだ

けどな」

その時、中田の背後、部屋の前方のドアが開き、大口を先頭にしたスーツ姿の特殊班の要員達が室内へ入ってきた。

「係長、何ごとですか？」

みなが二人のもとへ駆け寄ってくる。

特殊班の要員達に取り囲まれ、にらまれても、中田は余裕の笑みを浮かべている。

「ああ、何でもない。急にめまいがして気分が悪くなり、尻をついただけだ。彼は、心配してそばにいてくれたんだ」

「しかし、おびただしい鼻血が出ていますが」

「きっと、のぼせたんだろう」

谷垣は立ち上がり、スラックスの左ポケットからハンカチを取り出して鼻の周囲を拭った。

特殊班の要員達から不審な表情でにらまれながら、中田が特殊部隊員の指定席の方へ歩いていく。

谷垣は向き直り、部下の顔を一人ずつ見遣った。

（――笑ってるのか？）

一抹の疑念が湧き起こる。信頼を置いている部下の一人が、一瞬だが、蔑むような薄ら笑いを浮かべているように見えたのだ。

それから少しののち、特別対策会議が予定通り開始された。

捜索を開始してから一週間が経過してもなお、ＮＤＬのメンバーの最後の一人である代表の井岡光は発見されていない。

「なぜだ。井岡は巨漢で、特徴的な外見の男だ。未だに発見できていないとは、一体どういうことだ」

しかし実際に、かなりの数の捜査員達が、都内の繁華街、ネットカフェやサウナなどを重点的に探し続けても、発見できずにいた。

「井岡は、何もしていなくても目立つ男だ。見つからないわけがない。早急に探し出せ」

捜査本部並びに特別対策本部では、井岡を発見できないことへ対する焦りの色を深めていった。

＊

警視庁通信指令センターへ、唐突な一報が飛び込んできた。

六月六日の、午後一時五分――

「はい、こちら警察です。どうなさいましたか？　事故ですか？　事件ですか？」

「私は、井岡光だ。厚生労働省の解体を要求している、日本刷新党の代表者だ」

電話の男の声は、張りがなく、弱々しかった。

「えっ。何ですか？　もう一度お願いします」

逆探知自体は、現在の技術では一秒足らずで可能だった。それでも聞き取りにくかったふりをしながら、電話を受けている係官は周囲に注目するよう指示を出す。

「もう一度言う。私は、井岡光だ。日本刷新党並びにＮＤＬの代表者だ。厚生労働省の解体を要求した一連の連続テロ事件を指揮していたのは、私だ」

通信指令センターの内部は一気に緊迫感に包まれ、慌しくなった。

「警察は、私を探しているんだろう？　この通話も逆探知してるだろうが、そんなこと、もうしなくていい。今から、私の居場所を教えてやる」

「あなたは、井岡さんですか？　本当に、井岡光さんなのですね？」

「そうだ」

「分かりました、井岡さん。それでは、あなたは今、どちらにいるのですか？」

「町田にいる。駅前の広場だ。知恵の輪のような曲線の、オブジェの前だよ」

「分かりました。そこを、動かないで下さいね」

「心配しなくても、私は逃げない。もうさっきから、私の周囲を、何人もの観客が取り囲んでいる。警官も来た。目立つから、当然だよな。子供を人質に取って、銃口を突きつけているんだから」

次々と、井岡と名乗った男が話したことと同じ内容の通報が寄せられてくる。

「待ってるぞ」

井岡と名乗った男からの電話は唐突に切れてしまった。

所轄署である第九方面本部の町田署の者達が駅前へ急行する。警視庁からも、特殊犯捜査第一係の要員と特殊部隊員、それに何人かの捜査本部の人間達が現場へ急行した。

現場急行の指令を受けた谷垣を筆頭にした要員達は、完全武装でシルバーのステップワゴンに乗り込んだ。

事件発生現場へ向かって走り出すと、後ろからは特殊部隊員を乗せた四台の車列がついてくる。

谷垣は、自分自身でも集中力が欠けていることを自覚した。当然ながら原因は、自らの身分が広く漏洩(ろうえい)しつつあることと、会議室で中田に圧倒されたこと——そしてなによりも、自らが身を置く司法警察の存在意義への不信と不満だった。

一連の重大な連続テロ事件の終結の場へ向かうには今の自分では気合いが足りない

と、谷垣は危機感を強める。

（誇りを取り戻せ）

自らに強く言い聞かせると、谷垣は目を閉じ、昔の記憶を呼び覚ました。

大学卒業後、警察学校も難なく卒業した谷垣は、望みどおりに晴れて警察人生をスタートさせた。

――しばらくののち、警察官としての谷垣の運命を決定づけた、重大な事案が発生する。

ある年の春先、一人の少女が行方不明になった。谷垣が、警視庁刑事部、捜査一課特殊犯捜査第一係に配属される前に在籍した丸の内署の、さらにその前、品川署の刑事組織犯罪対策一課に在籍している時のことだった。

小学校三年生だった三園淳子（みそのじゅんこ）が姿を消してから、すでに半年の時間が経過していた。警察は行方不明当初から事故と事件の両方の可能性を考慮し、懸命な捜索を続けた。しかし、芳しい結果は一向に得られずにいた。

三園淳子が行方不明になったのは、日曜日の昼下がりだった。その日、彼女の父親は急用で休日出勤するはめになった。そのせいで、家族全員で遊びにいく約束が駄目になってしまった。不機嫌になった娘をなだめようと、母親は菓子を買うための小遣

い を渡し、自分が掃除をしている間に普段から通い慣れている近所のスーパーへ買い物に行くことを許可した。

スーパーからの帰り道、三園淳子の姿が忽然と消えた。店内で二つのアイスクリームを買った姿は、複数の人間に目撃されている。しかし、その後の目撃情報が極端に少なく、確かなものは一つしかなかった。

それは、スーパーまでの道にある住宅街に住む、三園淳子の担任教師の目撃情報だった。坂東雄介という、五十代前半の独身の男で、ローンが残る一戸建てに一人で住んでいる。

「淳子ちゃんなら、出掛けようとして外に出た時に、後ろ姿を見ましたよ。私の家を通り過ぎて坂を下っていく、小さな背中が確かに見えました。見慣れていますので、間違いないと思います」

一方で、その時間帯に、坂東の家の前の緩やかな坂を下っていく三園淳子の姿を見た者は皆無だった。

買い物へ行ったスーパーも、坂東の家があった周辺の道路も、三園淳子は普段から利用していたため、警察犬を使った捜索は意味を成さない。警察犬は坂東の家の前でも反応をみせた。しかし三園淳子は、ほかの生徒達とともに、放課後の課外活動のあと、担任の坂東と一緒に帰路についたことがあり、当然の反応だとされた。

谷垣は、不審者リストから外された坂東に、密かに不信感を抱いた。自分の教え子が失踪したにもかかわらず、やけに落ち着いた様子で目撃情報を話したこと、三園淳子を目撃したという時間帯に周辺でほかに姿を確認した者が皆無だということが、強く引っかかった。

失踪から半年が経過しても進展がなかったことから、再び谷垣の注意は坂東に向いた。

谷垣は独自に坂東を洗ってみた。すると坂東には、大学生の時に一定期間幼い少女につきまとい続け、体を触り続けたとして、逮捕された前歴があった。昔はまだ、現在ほどはその手の事案に対する世間の目と刑罰が厳しくはなく、結局、坂東は不起訴処分となり、釈放されていた。そのために、当時坂東が教師に採用される過程で、〝過去数年間に罰金刑以上の刑を受けていないこと〟といった採用条件にも抵触しなかったのだ。

ある日の夕方、谷垣は一人の同僚を引き連れて坂東の自宅へ赴いた。

「はい。少々お待ち下さい」

谷垣がインターホンを押すと、すぐに明るい声が返ってくる。しかし、実際に坂東が玄関口へ出てくるまでには五分以上を要した。

「はい。ああ、刑事さん、どうも。で、今日は何か？」

「もちろん、三園淳子ちゃんのことですよ」

坂東は、チノパンに青いチェックの長袖シャツを着て、乱れた頭髪に丸いフレームの眼鏡を掛けている。改めて観察しても、外見は善良な一市民に見えた。

「ああ、そうですね。大変な事件ですものね。それで、何か進展はありましたか？」

「それが、まだ何も。先生、改めて、ゆっくりとお話を聞かせていただけませんか？少しお邪魔しても、よろしいでしょうか？」

坂東が一瞬表情を強張らせ、急に左手を伸ばし、下駄箱の上に置く。

その仕草が、谷垣にはまるで家の中への進入を無意識のうちに強く拒んでいるように映った。

「いや、ちょっとそれは。今、散らかっているので」

谷垣は激しい胸騒ぎを覚える。

「坂東さん。少しだけ、お邪魔しますよ」

谷垣は急いで靴を脱ぎ、強引に家の中へ上がった。それは、頑なに、杓子定規(しゃくしじょうぎ)に守り続けてきた警察官職務執行法を、独断により、初めて破ってしまった瞬間だった。

「ちっ、ちょっと。駄目ですって。困りますよ」

すがりついてくる坂東を振り放し、谷垣はリビングへと進入する。

坂東のゆく手を、同僚が正面に立ち、塞いだ。

谷垣が室内を見渡しても、散らかっているだけで、特に不審な点は見当たらない。

それでも、胸騒ぎは一向に収まらなかった。

「帰れ。人の家に、勝手に入らないでくれ」

明らかに慌てた様子で、坂東が叫んでいる。

（どこだ）

谷垣はつぶさに周囲に目を配る。

そして、台所で視線を止めた。床に二つの取っ手が見える。かなり大きな貯蔵庫のものだ。

「やめろ。そっちへ行くな」

谷垣が台所へ歩いていくと、坂東が絶叫して止めようとする。

台所の床にしゃがみ込むと、谷垣は貯蔵庫の取っ手に両手を伸ばした。一気に両開きの扉を上げると、両手両足を青いビニールの紐（ひも）で何重にも縛られ、口元にガムテープを貼られた、小さな女の子が横たわっている。

「淳子ちゃんだね。もう大丈夫だよ」

谷垣が力強く叫ぶと、少女は涙目で頷いた。

事件の全貌は単純なものだった。坂東は幼児性愛者で、以前から教え子だった三園淳子を気に入っていた。隙を見て彼女を誘拐し、自宅に監禁したのも、性的な悪戯（いたずら）が目的だった。坂東が小学校の教師を目指したのも、自らの嗜好が強く関係していた。

事件は谷垣の賭けにより解決した。

少女の身柄を発見できないことを散々「不甲斐ない」と言われ続けてきた警察は、事件解決に有頂天になった。当初上層部は、《警察功労章》の授与とともに、谷垣に対して内々に二階級特進を打診した。しかし当の谷垣は、それでは周囲の反発も大きく、仕事がし辛くなると考え、一階級特進を望んだ。

谷垣は巡査部長から警部補へ昇進した。間もなく丸の内署へ配属され、さらに、少ししてから警部へと昇進し、それから警視庁の特殊班へ栄転となり現在に至る、驚異的な出世コースを歩むこととなった。


最終決戦の場へ向かう車中で、谷垣は何度も自分に言い聞かせた。

(——誇りを取り戻せ。私は、警察に必要な人間だ)

＊

特殊犯捜査第一係の要員と特殊部隊員を乗せた六台の車列が、町田駅前へ到着した。

現場では、すでに所轄署である町田署の署員が規制線を張り巡らせて、犯人と人質から野次馬達を遠ざけている。

「特殊班係長」

谷垣が降り立つと、細いストライプの入った黒いスーツ姿の男が駆け寄ってきた。

「町田署、刑事組織犯罪対策課、強行犯係の矢野です」

「これまでの経緯を説明してくれ」

「はい。複数の目撃者の話をまとめますと、被疑者の男は、駅からこちらへ流れてくる人波に紛れ、この広場付近までやってきたそうです。そのうちに男は、竹刀袋のようなケースからライフル銃らしきものを取り出し、母親と一緒に歩いていた女の子の手を強引に取り、あのオブジェの方へ連れていったそうです。驚いた母親が声を上げたところ、犯人は途中で立ち止まり、空に向けて一発発砲しました」

「薬莢はどうした？」

「すでに我々が回収しています。その轟音で周囲の人々が異変に気づき、事態を把握した何人かが通報した模様です。被疑者自身も、その前後に自分のスマートフォンから通報しており、それからはあのオブジェの前で人質の女の子に銃を向けたままです」

谷垣は、捜査車両が停まっている車道から、十数メートル前方のオブジェの方へ目を向けた。一人の男と小さな子供の姿が見えたが、詳細までは確認できない。

「人質の女の子の身元は？」

「町田市内に住む、《藤原京香ちゃん、六歳》です。小学校一年生で、現厚生労働省事務次官、藤原直樹の孫のようです。あそこにいるのが母親です」

「厚労省次官の、孫」

谷垣は矢野が指差した方を確認した。左斜め前方に張られた規制線の中央付近に、二人の制服警官から両脇を支えられている、ワンピース姿の女がいた。こちらも、犯人からは十数メートルの距離がある。女は、その場にしゃがんだり立ち上がったりといった不安定な動作をしながら、幼い娘を心配するあまりだろう、顔を崩して声にならない声を出し続けている。

一通りこれまでの経緯について説明を受けた谷垣は、タクティカルベストから単眼スコープを取り出し、改めて前方のオブジェの方を観察した。

谷垣の視線は真っ先に人質の少女へと向かった。藤原京香は、髪を真ん中から二つに分けて三つ編みにしていて、フリルのついた白いカットソーに赤いチェックのスカートを穿いている。小さな右手を男の左手で握られていて、恐怖に引きつった視線は規制線のすぐ外にいる母親の方を向いている。

男は、ライフル銃を銃底ごと右脇で抱え、引き金に指を掛けたまま、銃口を少女の腹の辺りにあてている。

谷垣が男の銃を注意深く見てみると、やはり、ファインベルクバウ603のようだった。木内が美原に渡した三丁のうちの最後の一つだろうと推測する。

すると、やはりあの男は井岡光なのだろうか。遠目からでは決して百キロを超えるような肥満体には見えない。

（あの男は――）

谷垣の中に引っかかるものがあった。男は、穿き古したジーンズにグレーの長袖のパーカーを着ていて、フードで頭を覆っている。

「おい」

谷垣は近くにいた大口に声を掛けた。「見てみろ」と自分の単眼スコープを渡し、犯人の男を確認させた。

「係長。あいつは、以前、我々が見掛けた男ですよ。金子のところへ事情聴取に向かった時に、クリニックの中から出てきた男です。ひどくやせていて、しんどそうに歩いていた男です」

「ああ。確かにそうだ」

大口から返された単眼スコープをタクティカルベストの中へ仕舞いながら、谷垣も男のことを思い出した。

「特殊班係長。作戦の指令を出して下さい」

通行封鎖された車道の端に簡易テーブルを出し、通信機器の設置を終えた川村が、谷垣に指示を仰ぐ。

「まずはセオリー通りに、我々が正面から犯人と向き合い、説得を開始する。分かっているると思うが、人質の少女の救出が最優先事項だ。特殊部隊の諸君は、警告の意味も込め犯人から見えるところと、周囲の建造物の陰などの見えないところの両方から、いつでも狙撃できるようにサポートしてくれ」

「了解」

特殊部隊の制圧第一班と狙撃支援班を合わせた十数名が、一斉に返事をした。

「なお、くれぐれも私の指示に従うように。当然、指揮班班長にも指揮系統ではサポートしてもらうが、最終的な判断はこの私が行う。この現場の、最高責任者は私だ。独断での行動は一切許さない。制圧第一班班長、分かったな。必ず、私の指示に従うように」

特殊部隊員達の先頭に立つ中田に対し、谷垣が強い口調で告げた。

「了解しました、係長。お互い、不幸中の不幸を引き起こさないよう、せいぜい注意しましょう」

中田が、濃紺の頭巾から覗く両目で不敵に笑い、答える。

「でもよう、やっぱり俺は心配なんだよ、係長」

「どういうことだ？」

「どういうことって、ウケるぜ。いくら家族と一緒だからって、特殊任務に就いてる男が、グラタンなんか食うか？　俺には、そんなやつにハードな現場の指揮官が務まるのか、疑わしくてたまらねえんだよ」

谷垣には意味が分からなかった。

「係長。正直に言って俺はさあ、男でホワイトソース食うやつ、初めて見たぜ」

必死に、谷垣は思い巡らす。そして——

「まさか、この前の公休日のことを言ってるのか？」

頭に血が上った谷垣は中田に詰め寄ると、両手でプロテクターの隙間から覗くアサルトスーツの襟元をつかみ、持ち上げる。

「お前、私をつけていたのか？　公休日に、私を、家族ごと監視してるのか？」

「はあ？　何言ってんだよ」

「どうなんだ。お前は、監察官室のエスなのか。言え」

苦笑いを浮かべる中田に対し、谷垣はなおも詰め寄り、相手を地面に組み伏せて馬乗りになった。

「やはり、お前が私のことを佐伯に告げ口したんだろう。特殊班第一係の係長が、私だと。言え。そうなんだろう」

「あん？　佐伯って、誰だよ？　まったく、すげえ被害妄想だな。俺はあの日、たまたまあんたを見かけただけだよ」

「とぼけるな。吐け」

谷垣が馬乗りのまま、中田の首を両手で絞め上げる。

対する中田は、谷垣の両手首を両手でつかみながら、「やっぱり、あんたはどうしようもないやつだ。会議室で、再起不能にしておくべきだった」と笑いながら言った。

「お前、あの時、係長を殴ったな」

覗き込むようにして、傍らに立つ大口が怒声を浴びせる。

「二人とも、やめてください」

「どうか落ち着いてください」

特殊班の要員と特殊部隊員が、入り乱れるようにして二人を引き離そうとする。

そんな中、川村が駆け寄ってくると、

「何たる醜態ですか」

と落雷のような怒声を上げた。

「制圧第一班班長、さっさと立つんだ。特殊班係長も、落ち着いてください。ここをどこだとお思いですか？　市民が見ているのですよ」

荒い呼吸を繰り返しながらも我に返った谷垣が、中田から手を離すと立ち上がった。

「てめえ、覚えとけよ。この事件が片付いたら、真っ先にけりをつけてやるよ。次は、容赦しねえ」

宣言した中田は背を向けると、特殊部隊員の一団の方へ歩いていった。

「特殊班係長、何をいきりたっているんですか？」

「制圧第一班班長が、特殊任務に就く私の身分を、触れ回っている」

かっと目を見開いた川村が、谷垣を射抜いたまま、ゆっくりと首を横に振る。

「そんなことは、ありえません。もしもあの男が、あなたに本気でダメージを与えるつもりなら、回りくどいことはせずに、真正面からいきなり殴り掛かるはずです。自らに下される処分など、一切顧みずに」

谷垣は川村の両眼を凝視した。揺るぎない強い輝きを放っている。

「彼を疑うのでしたら、ご自分の部下についても、そうすべきではないでしょうか？」

川村の言葉を受けて、谷垣は周囲を見渡した。

（あいつなのか――）

いつかと同じように、意外な人物が口元を緩めているように見えた。

しかし、一瞬の出来事だったので、確信は持てない。

「では、特殊班係長。改めて、指示を出してください」

川村が落ち着き払った様子で促した。

「よし。それでは、特殊部隊の諸君は展開してくれ」

谷垣が告げると、川村もインカムを通じて〈作戦開始だ〉と一斉に特殊部隊員達へ指示を送った。

制圧第一班の特殊部隊員達はMP5を構えながら、狙撃支援班の特殊部隊員達はPSG1を肩に掛けたまま、それぞれ音もなく持ち場へ散っていった。

一方、谷垣が率いる特殊犯捜査第一係の五人は、基本フォーメーションの態勢になり、それぞれベレッタを正面に構え、犯人と肉声でやり取りができる距離まで、すり足でにじり寄っていった。

「井岡。お前は本当に、NDL代表の井岡光か？」

少ししてから、フォーメーションの中心にいた谷垣が足を止め、相手に対して問い掛けた。

「ああ」

「落ち着いてくれ。私は、君と話がしたい」

谷垣は、ベレッタを握った右手とともに、両手を高く上げる。それから、ベレッタを静かに自分の右足の近くに置くと、再び両手を高く上げた。

「井岡。立ったまま、その格好で銃を子供に向けていると、疲れるだろう？　君も、一旦銃を下ろしたらどうだ？　私みたいに」

「大丈夫だ」

右脇に挟んでいるとはいえ、先ほどから片手で人質の少女にライフルを向け続けている井岡の体勢は、かなり無理があるように見えた。

しかし、実際に相手から「大丈夫だ」と言われてみて、谷垣の脳裏にはある推測が浮かぶ。きっとこの男も、金子の協力によって不正に入手したリタリンを、思いのままに服用しているのかも知れないと。そうだとすれば、薬が効いている間は、精神が高揚し続け、体力も無尽蔵に湧き上がってくるに違いなかった。

「なあ、井岡。どうして、今回は唐突に犯行に及んだんだ？　山本翔の時も美原優の時も、それぞれきちんとした文章を送付してきて、そこで自分達の要求を述べてから犯行に着手しただろう？」

谷垣が問い掛けると、相手は静かに、怒りに満ちた視線を向けてきた。

「言葉なんて、虚しいものだ。どれだけ切々と問題を説いても、要求を述べても、それらが理解され、実現されることなんて、ほとんどない。ここまで来て、ようやくそのことに気がついた。だから、先に事件を起こすことにした。言葉はそのあとだ」

「そうか。井岡、ほかにもまだまだ、君には聞きたいことがある。なぜ、今回だけ、人質に幼い子供を選んだ？　たとえ次官の孫とはいえ、その女の子と、厚生労働省の薬事行政の問題とは、関係がないだろう。命の問題に関わってきた君がそんな幼い子供を脅すなんて、矛盾しているぞ」

「今回は仕方がなかった。最初は、次官本人を人質に取るつもりだった。報道に出ているとおり、あいつは、難病患者よりも自分の懐を優先する、最低野郎だからな。受け取った賄賂を、秘書のせいにしてやがる。だけど、ガードが堅かったんだよ」

改めて、井岡が少女の体を引き寄せる。

「だから、予めリサーチして、ピアノ教室へ向かうところを待ち伏せしたんだ。それに、正攻法では真摯に受け止められなかった私達の主張も、こういう幼い子供を犠牲にすれば、少しは関心を寄せてくれるかも知れないからな」

フードの下、血の気の引いた冷たい表情で、井岡は言い放った。

「馬鹿なことを言うな。その女の子は、ドラッグ・ラグや、国家予算の歪んだ配分の問題と、何も関係がないだろう？」

「それなら、厚労省関連の人間からとっとと解体の確約を取り付けろ。そうしたら、この子は解放する」

谷垣は正面を見据えたまま、

〈特殊部隊、指揮班班長。応答してくれ〉

と、インカムに呼び掛ける。

〈何でしょうか？〉

〈久松署に緊急連絡を入れて、勾留中の金子壮介と話ができるよう、私のインカムに

つないでくれ。大至急、確認したいことがある〉

〈了解〉

川村が急かしたからか、三分もたたないうちに谷垣のインカムへ応答があった。

〈――金子ですが〉

〈先日お会いした、警視庁の谷垣です。只今、緊急事態が発生しています〉

〈何事ですか？〉

〈町田駅前で、自ら井岡と名乗る男が銃を手に、幼い女の子を人質に取っています〉

谷垣は息もつかずにまくしたてる。

〈そういう、ことですか〉

金子の声色が深刻になる。

〈犯人は、事前に入手した写真とは異なり、ひどくやせています。我々がクリニックへ伺った日、時間外であなたが診察していた、あの男なんです。金子さん。彼が、井岡光なんですか？〉

〈そうです。間違いありません〉

谷垣はかっとなった。

〈どうしてですか、金子さん。なぜあの時、さっき出て行った男こそ井岡なのだと、教えてくれなかったんですか〉

〈どうしてもなにも、あの時私は、聞かれませんでしたよ〉

下唇を噛みながら、谷垣はいら立ちを押し殺す。

〈金子さん、井岡はどうして変わってしまったんですか？　あんなにひどいやせ方をしているということは、体が悪いんですか？〉

〈もちろん、彼は病気を抱えています。それも、不治の病を――〉

〈治らないんですか？　何という病気ですか？〉

〈私は主治医ではなく、あくまでもメンタルケアの担当ですが、それでも医師としての守秘義務から、具体的な病名は明かせません〉

再び、谷垣は激しくいらつく。

〈刑事さん、気を付けてください。井岡さんは、生半可な気持ちでは、その場に臨んでいないはずです〉

金子の口調が深刻さを増した。

〈これまで井岡さんは、他人のため、社会のため、身を粉にして尽くしてきた。それでも報われず、今度は、彼自身が不治の病におかされてしまった。死が迫り、体が壊れていくごとに、人を助けたいという熱い信念も、音を立てて崩れていったはずです。そのエネルギーは、同じ熱量を保ったまま、今度は社会に対する復讐心へと転化したに違いありません〉

鬼気迫る雰囲気を纏う井岡に目を向けたまま、谷垣は聞き入っている。

〈実を言うと私は、少し前から、そういった彼の変化を、対面した時に悟っていました。だから、刑事さん。気を付けるんだ。井岡さんは、もうどうなってもいいと、覚悟を決めているでしょう。もしかしたら、人質の女の子の命も――〉

〈情報提供に、感謝します〉

最後まで聞かず、谷垣はインカムを切り替えた。二人のやり取りは一分四十秒程度だった。

金子の話を思い起こし、武者震いする。

谷垣は気を引き締めた。相手を刺激して人質に被害が及ぶことを避けるためにも、一旦話題を変えることにした。

「なあ、井岡。一体、君はどうしたんだ？　今の君は、別人のようにやせているじゃないか。どうしてなんだ？」

谷垣の問い掛けに、井岡は表情を一変させた。冷たい無表情から、絶望と怒りに満ちた、醜い笑顔になった。それは、中田の笑顔と同じに見える。

「本当に、理由を知りたいのか？」

「是非、聞かせてくれ」

「半年ほど前、《ＡＬＳ》を発症したんだよ」

「エー、エル、エス。それは、難病なのか？」

「ああ。日本語だと《筋萎縮性側索硬化症》って言う、十万人に二人ほどしか発症しない病気だ。患者数も、一万人程度しかいない」

谷垣はその病気の概要を、すぐに正確に思い出すことができなかった。

「それは、どんな病気なんだ？」

「最悪だよ。運動神経が障害を受けて、結果としてどんどん筋肉の動きが低下するんだ。手や足や、のどや舌の筋肉が、徐々に弱ってやせていき、おかされていくんだ。感覚神経や、知能、視力、聴力、それに内臓はすべて正常に保たれるのにな。進行のスピードは人それぞれだが、やがて私は、自分一人では動けなくなる。本当に、瞬きぐらいしかできなくなってしまうんだ」

谷垣は、金子クリニックの前で見かけた時の様子と、現在の相貌から、井岡の話に疑いを抱かなかった。

「笑っちまうだろう。ドラッグ・ラグに苦しむ難病患者達を救いたいと思って活動していたら、自分自身も難病患者になってしまった」

井岡が自虐的に口にする。

「そんな言い方はよせ。それより、治療はしてるのか？」

「無理だね。日本では、《リルテック》という薬品が承認されているが、基本的にこの病気は常に進行性で、一度罹ると症状が軽くなることはないんだ。海外には、症状の進行に伴う苦痛を確実に和らげる薬がある。でも日本では、使用は認められていない」

「症状と苦しさを緩和するために、金子医師は君にもリタリンを不正に処方したのか？」

「ああ。私はもう、リタリンのような強力な薬で凌いでいくしかないんだよ。だけどこれも、どんどん耐性ができているから、一度に信じられないほど大量に摂取しないと効かなくなるだろう。そうなれば、病気の進行の前に、その弊害で私は死ぬかも知れない。まさか、私自身もドラッグ・ラグに苦しむはめになるなんて、信じられないよ」

「何ていう薬が、君の病気の進行に伴う苦痛を和らげるんだ？」

「ＴＨＣの成分を精製したものさ。平たく言えば、大麻だよ。信じられないことに、医療現場でも未だに一切の使用が認められていないんだ。ＡＬＳのほかにも、認知症やうつ病などには、効果があるとされているのにな」

「大麻か」

　ここまで徹底的にイメージが悪くなってしまったものは、たとえ臨床データが揃った医療目的であっても、認可する方は腰が引けるのだろうと、門外漢ながら谷垣は推測した。

「この国の、慣習や法律、制度やシステムでは、一度決まってしまったものはなかなか変わらないんだよ。インパクトのある、確実に世間の注目を集めるような事件を起こさなければ、私達の話は大きく取り上げてもらえない。だから、私はこの子を殺す」

井岡は、左手で硬直したままの少女の右手をつかんだまま、銃口をその頭部に押し当てた。

「よせ。やめろ、井岡。早まらないでくれ」

谷垣が、両手を開いて前方に押し出し、制止するように叫ぶ。

「どうせもう、私の人生は終わっている。今のうちに何か大きなことをしておかなければ、先に死んでいった仲間達に顔向けができないんだよ」

井岡は、何かを悟ったような、澄んだ表情になった。

その時、谷垣のインカムに川村が話し掛けてきた。

〈特殊班係長。このままでは、いけません。被疑者は、やがて引き金を引いてしまうでしょう。今すぐに、人質の交換を申し出て下さい〉

〈分かった。私が人質になろう〉

〈いえ、それには及びません。我々に適役がおります。制圧第一班班長を新たな人質として、交換を申し出てください。彼ならば、隙を見て直接被疑者を取り押さえることができるかも知れません。たとえそうならなくても、人質が解放されたあとならば、必ず被疑者確保のチャンスが訪れます〉

二人の会話を、谷垣の左後方で腹這いのままMP5を構えている中田もインカムで聞いている。

〈制圧第一班班長。聞こえているな？　こちら、指揮班班長だ〉

〈ああ、聞こえている〉

〈よし。私からの命令だ。今から、君を新たな人質にするよう、特殊班係長が被疑者と交渉に臨む。直ちに武装解除し、特殊班係長のもとへ向かうように〉

〈了解〉

〈なお、被疑者を刺激しないために、武装解除はゆっくりと行うこと。また、被疑者を安心させるために、素顔を晒し、両手を高く上げて歩いていくこと。分かっていると思うが、人質が保護されたあとは、隙があれば独自のタイミングで被疑者を制圧しても構わない〉

〈了解〉

川村と中田の会話が終了すると、谷垣がインカムで中田に話し掛ける。

〈制圧第一班班長。くれぐれもよろしく頼む。幼い女の子の命が懸かっている〉

〈言われなくても、分かっていますよ。武装解除するのは気が進まないが、指揮班班長の命令とあれば仕方がない。それよりも、そちらこそしっかりとサポートして下さいよ。くれぐれも、不幸中の不幸が起こらないように〉

〈ああ。しっかりと援護する〉

インカムでの会話を終えた中田は、腹這いの姿勢のまま、まずMP5をその場に置いた。そして、腰元のホルスターから小型のオートマチックを抜き取り、地面に置いた。

それから中田は、ゆっくりと両手を上に上げ、ゆっくりと立ち上がった。その場でヘルメットと濃紺の頭巾を脱ぎ、地面に置いた。

素顔を晒し、両手を頭の後ろに組んだままの中田は、犯人の方を向きながら、ゆっくりと谷垣のもとへと歩み寄っていく。

「何だ、そいつは？」

井岡が怪訝な様子で声を上げた。

「気にするな。何でもない」と、谷垣が伝える。

間もなく、両手を頭の後ろで組んだままの中田が、谷垣のすぐ左脇に到着した。

「なあ、井岡。話を聞いてくれ。君の話はよく分かった。だが、犠牲になるのは、何もその女の子でなくてもいいだろう？」

谷垣の懇願するような訴えに、井岡は無言で逡巡しているようだった。

「なあ、井岡。君が、国や、世間や、自分の運命に怒り狂っていることはよく分かる。けれど、少しでも人道的な気持ちが残っているなら、どうか、人質を交換してくれ。この男と、その女の子を交換してくれ。この男は警官だ。厚生労働省の人間達と一緒で、行政機関の人間だ。国の薬事行政とは無関係の幼い子供を殺すよりは、大分正当性があるとは思わないか？　なあ、頼む。その子は絶対に駄目だ」

谷垣は、奈菜の顔が脳裏に浮かび、語気を荒らげた。

迷っているのか、井岡はすぐに返事をしない。

「――分かった」

少ししてから、井岡が承諾した。

「私にも、条件がある」

「ありがとう、井岡。それで、条件とは何だ？」

「今の体勢のまま、人質となる男にきつく手錠を掛けろ。いいか、きつくだぞ」

「ああ、分かった」

谷垣は腰元から手錠を取り出すと、頭の後ろで両手を組んだままの、中田の両手首にきつくはめた。

「手錠を掛けたぞ」

「そのまま私の前まで来させて、背中を向けて正座させろ。そうしたら、その男の後頭部に銃を向け、この子は解放する」

井岡が顎を動かし、指示を出す。

谷垣が目で合図を送ると、中田がゆっくりと歩き出した。

中田は井岡の間近に歩み寄ると、その場で後ろを向き、膝をつく。

「井岡。約束しただろう。早くその男に銃を向けて、女の子を解放しろ」

焦った気持ちを隠せぬまま、谷垣が落ち着きのない様子で怒鳴った。

「いや、まだだ」

「何？　井岡、話が違うだろう」

「心配するな。必ずこの子は解放してやる。その前に、私の視界に映っている、銃を持ったやつらを全員撤退させろ。あんたの周りのやつらも、向こうで地面に腹這いになっているやつらも、全員だ」

井岡の要求を聞いた川村が、インカムで谷垣に助言をしてきた。

〈特殊班係長。ここは、素直に被疑者の要求どおりにした方がいいでしょう。人質の安全が最優先です。係長だけが交渉役としてそこへ残ると言って、ほかの者達は全て後方に下げましょう〉

〈ああ、分かった〉

〈心配なさらなくても、犯人の上方、前後左右のビルの上階に、もうすでに我々の狙撃支援班が待機しています。緊急時にも、問題なく対処できます〉

〈任せたぞ〉

谷垣は、再び井岡の方を注視する。

「君の言うとおりにする。ただし、私だけは、君との交渉役としてここに残らせてくれ。もちろん、銃は地面に置いたままにしておく。それで、いいな？」

井岡が小さく頷いたのを確認した谷垣は、インカムで全員に撤退の指示を出した。

谷垣の周囲にいる特殊犯捜査第一係の要員も、制圧第一班の特殊部隊員も、それぞれが素早く後方へ退いていく。

「井岡、これでいいな？」

「よし」

井岡は、銃口を中田の後頭部へ移し、少女の右手を握っている左手を離した。

その瞬間、谷垣の左斜め前方に張られている規制線の中央付近の外側から、少女の母親がよろめきながら中へ入ってくる。

「京香。ああ、京香」

「ママー」

母親に呼ばれた少女は、我に返ったかのように大声で返事をし、ひざまずいている中田の前を通り過ぎて一目散に駆け出していった。

地面に膝をついたままで、母親は娘を抱いた。

そんな親子を、二人の制服警官が急いで規制線の外側へと連れ戻す。

〈人質を無事に保護しました〉

川村がインカムで谷垣に告げた。

〈了解〉

谷垣は、息をつく間もなく前方に視線を戻し、中田と井岡の様子を確認した。

井岡から後頭部に銃口を向けられても、中田は全く怯まず、いつもの不気味な笑顔のままだった。そして、顔を若干右後方へひねり、井岡に対して口を開く。

「井岡。お前のことは、色々と調べたぜ。難病とドラッグ・ラグに苦しんでいるやつらのために活動していたんだろう。お前は、偉いよなあ」

「黙ってろ」

「井岡。俺は、お前の気持ちはよく分かるぜ。俺も、世の中の全てを恨んでる。俺も、全くついてない人生だったからなあ。俺は、親に捨てられてから、仕方なく身を捧げた今の警察以外、どこにも馴染(なじ)めないで、隔絶され続けて、楽しいことなんて何一つなかった」

谷垣の位置からは、井岡の細かい表情までは窺えない。

「井岡。俺達には、青春なんていいものは微塵もなかったよなあ。快楽を貪ったことも、一度もない。俺達に、若者だった時期なんてなかったんだ。でも俺は、お前の方が偉いと思うぜ。お前は、穏やかな家に生まれて、頭もよかったから、もっと楽な道を選べたはずだ。だけど、あえて人のために生きてきたんだ。それなのに、世間は真剣に対応してくれず、その上、難病を発症しちまったんだ。やってられないよなあ」

「よせ。もう、話すな」

「井岡。俺は、自分の人生を失敗だと思ってる。くじ引きに、負けたと思ってる。お前も、そうだろう？　こんな世の中に、生まれてきたくて生まれてきたやつなんて、いねえよなあ。俺達みたいに、人生や生活が上手くいってないやつらは、きっとみんな、生まれてこない方がましだったと思ってるはずだ」

「うるさいぞ」

「井岡。お前が、全てにむかついていることは、俺にはよく分かる。無駄と不正ばかりして、いつも大事な問題を先送りにする政府や国。自分に直接関係のない、色んな深刻な問題や、悲惨な状況の人間を、徹底的に無視して、見て見ぬ振りをする、成功しているやつら。他人のために必死に尽くしてきたのに、突然難病を発症する自分の悲惨な運命。そういう、全てに対して、お前はむかついてるんだろう？」

「よせ。お前は何が言いたいんだ？」

語気を荒らげた井岡は、銃口をさらに一段深く中田の後頭部に突きつけた。

「井岡。でもよう、だからって、俺なんか殺してどうなるんだ？　分かってるだろう？　俺は、単なる犬だ。腐った権力に飼われている、無力な犬だ。俺を殺しても、割に合わねえぞ。だから、今すぐに逃げちまった方がいい。もう一度言う。殺しなんて、割に合わねえぞ。絶対に、やめた方がいい。これは、同じつきのない境遇にいる者としての、真剣なアドバイスだ」

谷垣は、ほんの少しずつ歩を進め、必死に聞き耳を立て、何とか両者の話の内容を聞き取っている。中田の思惑通りに、井岡が銃を下ろすことを願った。

しかし、井岡は銃を構えたままでいる。

「私が、表面的な説得で、簡単に引き下がると思ってるのか？」

井岡は、銃口を中田に向けたまま、左手でパーカーのフードを外した。

「この顔を見ても、そんな甘い説得が通じると思うか？」

ひざまずいている中田から少し右寄りの後方に立つ井岡は、若干左斜め前方に腰を屈め、素顔を確認させた。

間近で目にした中田は、一瞬、言葉を失ったように見える。

井岡の、青ざめたというよりも灰色に近い顔は、頬骨がはっきりと浮き出ているほどに肉がそげ落ちていた。対照的に大きく見える怒りに満ちた両目だけが、圧倒的な存在感を示している。病魔だけが異形の相貌に変えたのではなさそうだった。希望、幸福、愛情、充実などにどこまでも飢えている顔だった。

遠目ながら、フードを外した井岡の顔を確認した谷垣も、身震いした。

そんな井岡の姿を後方から単眼スコープで確認した川村は、危機を察知したのか、咄嗟に谷垣のインカムに険しい口調で呼び掛けた。

〈特殊班係長。いけません。あの男は腹を括っています。もう、どんな説得や懐柔にも応じないでしょう〉

〈どうすればいい?〉

〈狙撃支援班は、すでに態勢が整っています。係長。現場の責任者として、今すぐに狙撃を許可して下さい。そうしなければ、制圧第一班班長の命が危険です〉

〈しかし――〉

先ほどから、中田が意味深長な視線を何度も谷垣に送り続けている。その目が、明らかに「撃て」と言っていることは谷垣にも分かった。

それでも谷垣は、速やかに狙撃命令を出すことを躊躇する。

その刹那、唐突に、井岡が両手でしっかりと銃を構えた。銃口は、中田の右のこめかみ付近に向けられている。

「死んでいった仲間達の無念を、少しでも思い知れ」

轟音が響き渡った。

発砲の衝撃でよろめいたが、井岡は何とかその場に踏み止まった。

中田は、両目を見開いたまま、前のめりに倒れ込んだ。口からは絶え間なく赤黒い血を吐き続けている。

谷垣は、悪魔と呼ばれている男が、無様に地面に倒れ込み、尻の辺りを痙攣させ、血を流していることが、現実であるとは思えなかった。

〈こちら、特殊部隊、指揮班班長。人質の、制圧第一班班長が撃たれた。狙撃支援班の諸君、直ちに被疑者を狙撃せよ。繰り返す。誰でもいい。狙いがついている者から、直ちに被疑者を狙撃せよ〉

焦りを隠せない様子で、川村がインカムで指示を出す。

次の瞬間、上空の複数の位置から空気を切り裂く鋭い音が連続し、その中の一つが井岡の腹部を貫いた。

井岡は、ライフルを落とし、崩れ落ちるようにオブジェを囲う背の低い石の柵に腰を打ち、横向きに倒れた。

「確保。確保だ。被疑者を確保しろ」

「負傷者二名。至急担架を用意しろ」

周囲から大声が上がる。

倒れたままの中田は、まだ両目を開けている。

恨めしそうな視線と、その場に立ち尽くしている谷垣の目が合った。

その瞬間、谷垣の体は冷たくなった。一瞬で体温が急激に下がり、自分の熱や鼓動を感じられなくなる。谷垣の自意識と感覚から、現実感が喪失した。

谷垣は悟った。これは、中田や、井岡や、死んでいったＮＤＬのメンバーが常に感じていた、絶望であり、虚無なのだと。

谷垣は闇に飲まれた。

担架を担いだ特殊部隊員達とともに中田のもとへ駆け寄る途中、川村だけが立ち止まり、谷垣と正対する。

「特殊班係長。私は、あなたを軽蔑する。私の部下が負傷したのは、あなたの判断の遅れからだ。これは、明らかに防げる事態だった。不幸中の不幸だ。あいつは、助からないかも知れない」

険しい表情の川村は、担架で運ばれている中田のもとへ再び駆け寄り、付き添った。

現場は紛然たる様相を呈している。

その中で、谷垣だけが一人立ちすくんでいる。

＊

井岡光が狙撃されたことにより、戒名《厚生労働省並びに関連団体職員に対する連続拉致立て籠もりテロ事件》は、一応の終結を迎えた。

ただし、井岡の口から事件へ至るまでの経過が詳細に語られることはなく、また、金子医師が事前にNDLの三人の犯行計画を知っていたのか、知っていたとしたらどの程度それに加担したのかという点も未だに不明だった。

現在、被疑者の中で唯一生存している井岡は、何とか一命は取り留めている。しかし、いつ絶命してもおかしくない状態だった。

事件後、井岡のジーンズの尻ポケットからは、折り畳まれた五枚の便箋が発見された。事件現場で自らが読み上げるつもりだったのか、それとも誰かに託して広く世間に公表してもらうつもりだったのか――そこには直筆で、自らがALSに蝕まれていく恐怖と、ドラッグ・ラグを取り巻く惨状を早急に解決して欲しいという願いが、切々と書かれてあった。

一方の中田も、未だに意識は戻っていない。

鳥のさえずりも聞こえず、風も全く吹いていない。時が止まってしまったかのようだった。

一連の事件終結から一週間後の午後――谷垣は、ここ最近寝泊まりしているビジネスホテルの近くにある、公園のベンチに一人で座っている。男にしてはかなり長目の頭髪は乱れ切っていて、上下ともグレーのスエットという、だらしない姿だった。

大切な家族に、現在の心境のままではとても顔を合わせることなどできなかった。谷垣自身は、美樹と奈菜の笑顔を目にすれば多少は気が晴れることを承知している。しかし、人間の持つ感受性は、科学で解明できないほど繊細で複雑だ。自分が二人に多大な悪影響を及ぼす可能性があることを、谷垣は最も憂慮した。

現在、谷垣は休職中の身になっている。先日、休職願いを直属の上司である高田管理官に提出すると、あっけなく受理された。複数の事情により、警視庁内での谷垣の評判は地に落ちている。

井岡が狙撃されてからというもの、記者クラブの竹林がしつこく『話を聞かせてくれ』と迫ってきた。しかし、今の谷垣には今回の事件を振り返る余裕などなかった。

谷垣は全てにおいて自信を失っている。

現在、最も重要視されている谷垣に関する問題は、最後の事件における、被疑者への狙撃命令の遅れだった。当初、谷垣は、今回の一連の事件が終結した暁には、最初の事件における中田による山本への発砲命令、並びに、その結果彼を射殺してしまったことの正当性の有無を、改めて上層部に問いただすつもりだった。その思いに反して、発砲命令を躊躇した谷垣の判断こそが上層部によって問題視されている。

今になっても谷垣は、あの時、すぐに井岡に対する狙撃命令を下すべきだったかどうか、判断がついていなかった。

しかし、〝不幸中の不幸〟という最悪な事態にならぬよう注意を促していた中田を、結果的に重体に陥らせてしまったことには激しく胸を痛めている。きっとあの男は、不幸中の不幸の中に生まれ育ち、特殊部隊員になってからはそれを避けるために訓練を続けてきたのだ。

公園は割と広かった。谷垣からやや右前方に見える砂場では、三組の親子連れが遊んでいる。その左隣のスペースでは、小学校低学年に見える二人の少年がサッカーボールを蹴り合っている。そして、敷地内にいくつかあるベンチには、谷垣と同じような雰囲気の、あてのなさそうな男達が腰掛けていた。

もはや谷垣の中に、燃えたぎるような熱い信念は存在しない。

あの日、井岡に撃ち抜かれて倒れ込んだ中田と視線が合った瞬間から、谷垣は闇にとらわれた。谷垣に取りついたものは、幸福や、愛や、社会から見放された者達が抱える、冷たさと空虚さだった。

谷垣の前に、砂場の横で遊んでいる二人組の少年達のサッカーボールが転がってくる。

二人組のうち手前に立っている長袖Tシャツと半ズボン姿の少年は、ただ黙って谷垣の方を見ている。

互いの表情までは読み取れない距離で、二人の視線が一致した。

少年は、「ボールを取って下さい」と具体的な声は上げず、谷垣も、相手の少年にそれを蹴り返してやるべきか、このまま気付かぬ振りを、見て見ぬ振りをしてやり過ごすか、迷った。

その時、何者かが谷垣の視界をさえぎる。

「行くぞ、ほら」

突然現れたグレーのスーツ姿の男は、朗らかに声を掛けてサッカーボールを蹴り返した。相手の少年は慎重に受け止めると、はにかみながら軽く頭を下げ、友達の方へドリブルで進んでいった。

男は振り返り、ベンチに座っている谷垣の方へと歩いてくる。

「探しましたよ」

警務部の秋吉だった。

「お前、どうしてこんなところへ？」

「谷垣さん。申し訳ありませんが、至急我々に同行して下さい」

秋吉が有無を言わさぬ口調で告げると、右隣にもう一人の黒いスーツ姿の男が現れた。

「何だ、随分と物騒だなあ。責任を取って辞めろと言うなら、辞表を書いてもいい。そんなものは、郵送で構わないだろう？」

「いえ、そうではありません」

秋吉は表情を引き締めると、事態の説明を始める。

「昨日、井岡光が意識を取り戻しました」

谷垣は目を見開く。

「あの傷で、息を吹き返したのか」

「井岡は依然として予断を許さない状況にあるのですが、医者から十五分程度の聴取の許可をもらいました。井岡はどうしても谷垣さんでないと話をしないと言っています。『自分と交渉した、あの刑事でないと話したくない』と」

「なぜだ？」

「分かりません。とにかくそういう事情ですので、至急我々に同行して下さい。上も、谷垣さんが素直に従うよう、わざわざ大学の後輩である私を使いに出したのです」

谷垣はベンチから立ち上がり、二人に導かれるようにして、白いセダンの後部座席へ乗り込んだ。

京心大学付属病院へ到着した。警視庁とは関係が深い病院だ。

谷垣達三人は秋吉を先頭にして井岡の病室へと急ぐ。

B棟にある四階の廊下を直進し、左へ曲がった。

すぐに、秋吉が「そこです。一番手前の右側です」と病室を告げた。出入り口ドアの両脇は、警察官にガードされている。

秋吉は彼らに目配せをすると、谷垣に「では、行きましょう」と声を掛けた。

谷垣は病室の中に足を踏み入れた。

そこは個室だった。ベッドに横たわる、井岡の方へと歩み寄る。

病室内には、薬品類の鼻をつく臭いのほかにも、異臭が漂っている。

谷垣には、発酵食品や、硫黄にかびやほこりを混ぜたようなものに感じられた。生命組織が朽ちていき、死へ近づいていく時に発せられる固有のものに違いないと気付いた。

井岡のすぐ右側に立つと、谷垣は観察した。予想外だったが、井岡は目を開けていて、谷垣と視線を合わせてきた。顔全体はやせこけ、土色をしている。もはや、臨終間近の老人にしか見えない。

「来てくれたんですね」

井岡はか細い声で話し出した。

「意識が戻ってよかったな。どうして、事情聴取の相手に私を指名したんだ？」

谷垣は、両手を両膝について腰を屈め、顔を近づけて尋ねた。

「今になって思えば、あなたは、いい人だった。真剣に、私を説得しようとしていたし、話も聞いてくれたように思う。それに、あなたは、私のことを撃たなかった。下に置いてあった銃で、撃てるチャンスが、何度もあったのに。あなたは、やさしい人だ」

弱々しく話し続ける井岡の様子を、谷垣の背後から、秋吉と連れの男、それに病室の前にいた二人の男のうちの一人が、固唾を飲んで見守っている。秋吉の連れの男は手帳にメモを取り、病室の前にいた男はＩＣレコーダーで井岡の話を録音している。

「私の方は、頭に血がのぼって、人質になった男を撃ち殺してしまったのに」

井岡の表情から、谷垣は大きな後悔の念をはっきりと感じ取った。

「あの男も、ここに収容されている。まだ、死んではいない」

井岡のまぶたがぴくりとする。

「今もまだ、生死の狭間（はざま）で闘っているはずだ。だから井岡、彼に申し訳ないという思いがあるのなら、本当のことを話してくれ」

井岡がゆっくりと頷いた。

「よし。ではこれから、私の尋問に答えてくれ。すでに明らかになっていることについても聞いていくが、よろしく頼む」

天井を向いたまま、井岡は同意する。

「君達三人は、いつ頃、犯行を行うことを決意したんだ？」

「具体的な計画を始めたのは、約四ヶ月前、から。メンバーが三人になった時点で、全員、そういう気持ちになっていたんだと思います。何も変わらないのだから、何か大きなことをしないと、駄目なんだと」

山本と美原の二人は、それまでも難病と闘い続けて苦しんでいたために、自分達はもう少し早い時点でそうするべきだった、といった意見を出したらしい。井岡も、ALSを発症し、二人の気持ちが一段と理解できるようになり、より熱心に犯行計画を練り上げていったと伝えた。

谷垣は、井岡に寄り添うように、ベッドの脇にしゃがみ込んでいる。

「犯行の動機は、国と、厚生労働省に、多くの関心と予算をドラッグ・ラグの早期解決に注いでもらうためで、間違いがないな？」

「ええ」

「では、銃の入手方法を教えてくれ」

自明の事柄を弱り切った相手に確認することをためらいながら、谷垣が口にする。

「美原さんが、『自分の親戚に射撃の選手がいる』と言ったため、任せました」

「二通の脅迫状は、それぞれ誰が投函（とうかん）したんだ？」

「私が、パソコンのワープロソフトで作成したものを、美原さんが、折を見て、それぞれ、投函しました」

「山本と美原、二人の犯行時における、君の役割を教えてくれ」

「近くに逃走用の車を停め、待機してました。最初の犯行時には、美原さんも、同乗してました」

　山本も、美原も、関係者が厚生労働省の解体を確約すれば、身を引くつもりだった。犯行時期については、服用する薬の効果が持続する期間と、体調とを考慮し、それぞれがベストと思える時期を選択したという。

　井岡の犯行日時については、藤原京香が毎週通っているピアノ教室の日程も、考慮したようだ。

　二人が玉砕したことを受け、井岡自身も事件現場で命を捨てることを覚悟していたと告げた。

「それぞれの人質は、どういった理由で選んだ？」

「過去に、週刊誌の特集で、無駄が多い厚労省関連の天下り先について、特集されたことがありました。記事を参考に、下調べして、ガードが緩そうな団体に、目を付けました。実際の相手は、関係者なら、誰でも構いませんでした」

いつ発売されたものかまでは分からなかったが、井岡が雑誌名を口にする。

「なあ、井岡。君が忍ばせていた五枚の便箋だが、あれは、どうするつもりだったんだ？」

「事件現場で、機会をうかがい、誰かに手渡して、広く、公表してもらうつもりでした」

「金子医師だが、君達の犯行について、全て、はじめから、知っていたのか？」

井岡がしっかりと目を開き、ゆっくりと視線を合わせてきた。

無理をしていることが、谷垣には手に取るように伝わってくる。

「いえ。それは、違います。金子さんは、普段から、私達に合う未承認薬を、法に触れてでも、可能な限り入手して、処方するようにしてくれただけです。あんないい人を、巻き込みたくはありませんでした。一連の事件について、金子さんは、絶対に、無関係です」

「そうか」

「もしも、まだ金子さんが、勾留されたままなら、早く釈放してください。お願いですから」

「ああ、分かった。大丈夫。心配するな」

恩人の無実を証言したのち、井岡の顔は両目を開けたまま微動だにしなくなった。傍らの心電図の波形も、いつの間にか動きがなくなっている。

後方の秋吉が、「医者を呼んできます」と口にした。

谷垣は、やさしく、それでもしっかりと、感謝を捧げるために井岡の右手を両手で握り締めた。胸中に微かな炎が蘇る。それは、もう少しだけ人を信じてみようと思う、小さな灯り(あか)だった。

この小さな灯りを頼りにして、谷垣は再び歩いていく決意をした。

(井岡の思いを広く伝えなければ)

病室をあとにした谷垣はスマートフォンを手に取った。

*

B棟の六階にある個室に、中田は収容されている。部屋の出入り口で、一人のスーツ姿の警察官が立ち番をしている。

ベッドでは、人工呼吸器のマスクをはめた、意識不明の中田が横たわっていた。

バインダーを手にした若い男性看護師がやってきた。中の書類に目を通し、ベッドの傍らに置かれた心電図と人工呼吸器をチェックする。

看護師が中田に近づいた。手首を取り、点滴の針が刺さった前腕部を観察する。

すると、突然中田の右手が動き、看護師の手首を握り返した。

「あっ」

前のめりになりながらも、看護師は必死の形相で踏ん張った。

「おい。放してくれ」

看護師は、体重を後ろに掛けて、中田につかまれた右手を引き離そうとしている。

『死んでいった仲間達の無念を、少しでも思い知れ』

発砲前、井岡が口にした直後——中田は僅かに首を左斜め下へ傾けた。

ファインベルクバウ603の銃弾は、右耳の後ろの付け根辺りから入射し、口腔を通り、顎を砕いて突き抜けたのだった。

中田がゆっくりと両目を開ける。

「あのやろう、必ず殺す」

かすれ声で呪詛(じゅそ)を吐いた。

エピローグ

日明新聞の七月八日朝刊一面に井岡の手記が掲載された。

《我々NDLは、長年にわたり、ドラッグ・ラグを取り巻く悲惨な状況と、一刻も早い解決について、真摯に訴えてきた。申請ラグと審査ラグによって、救える可能性のある命がどれほど見捨てられてきたかということを――

そんな中、いつからか私は、非常に疲れやすく、腕や足が細かく痙攣するようになっていた。半年ほど前に病院へ出向いたところ、ALSの疑いを告げられた。そこで、国際的な基準に沿った診断を受けると、初回で「デフィニット」、つまり「確実」にALSだと判定された。

難病であるALS（筋萎縮性側索硬化症）は、徐々に体中の筋力が失われて、確実に全身が不随になる。一方で、感覚や知能や意識、内臓機能などは保たれるという、ある意味では拷問のような病なのだ。

陳腐な表現だが、私は目の前が真っ暗になり、体中が冷たくなった。

このまま病状が進行すれば、一年後には、歩行はおろか、自分で身の回りのことを行うことさえできなくなるのだ。二十四時間体制の介護がなければ、直ちに死へ急行せざるを得ない存在となる。

そのような状態に陥っても、容赦なく病魔の進行は続く。寝たきりになった私は、やがて嚥下(えんか)すらできなくなり、胃ろうをしなければならなくなる。そこから三、四年後には、呼吸筋も衰えるため、気管切開し、人工呼吸器を装着しなければならなくなるとも言われた。そうすれば、かなり長期にわたって生きながらえることができるが、やはり二十四時間体制の介護を継続しなくてはならないのだ。

そうして必死に生き続けたとしても、最終的には、TLSと呼ばれる、唯一の意思伝達手段であった眼球さえも動かなくなる状態——つまりは完全な閉じ込め状態に陥る地獄が待っている。

私は絶望した。治療に費やせる金銭的余裕もなかったし、随分前に家族からは縁を切られている。

私は葛藤した。そのような状態になっても生きたいと願う自分も想像できたが、それよりも、なんとかドラッグ・ラグの解決を関係者に確約させてから、潔く死ぬべきだと考えるようになった。

自らがALSを発症したことで、私は、これまでのドラッグ・ラグに苦しむ患者達への思いが、まだまだ甘かったことを痛感した。

皆様にはお分かりだろうか？ 少しでも想像がつくだろうか？

治るかも知れない薬を目の前にしながら、死んでいかなければならない辛さが——避けられない地獄が目の前に続いている、この恐怖が——

私は改めて、自ら動けるうちにドラッグ・ラグの問題を解決したいと願った。しかし、これまで正攻法による必死の努力は報われたことがなく、解決の光明を見いだすことさえ、できなかったのだ。

そこで我々は、日本刷新党を名乗り、強硬手段によるドラッグ・ラグの早期解決を決意した。

我々は犯行計画を練り上げ、そして、実行に移した。

日本刷新党の〝短い命〟は、ここでついえることとなる。

改めて告ぐ。

一刻も早く、国家予算配分の優先順位を、あらゆる既得権益から、命の問題へ、社会的困窮者の救済へ、変更しろ。

日本という国が、根底から瓦解してしまう前に》

参 考 文 献

一、書籍
青木理『トラオ 徳田虎雄 不随の病院王』小学館文庫、2013年
赤星栄志『ヘンプ読本 麻でエコ生活のススメ』築地書館、2006年
伊藤鋼一『警視庁・特殊部隊の真実 特殊急襲部隊SAT』大日本絵画、2004年
佐藤友之『知っていますか?捜査と報道一問一答』解放出版社、2000年
毛利文彦『警視庁捜査一課特殊班』角川文庫、2004年
『これが決定版!エアガン入門(Part7)』バウハウス、2003年

二、ホームページ
難病情報センター:筋萎縮性側索硬化症(ALS)(指定難病2)
https://www.nanbyou.or.jp/entry/52

卵巣がん体験者の会スマイリー:がんの副作用
https://ransougan.e-ryouiku.net/treatmentoc/reaction.html

がん治療.com:子宮体がん(子宮がん)とは|症状や検査、治療、ステージなど
https://www.ganchiryo.com/type/index12-3.php

JFSA NPO法人 線維筋痛症友の会:線維筋痛症とは
https://www.jfsa.or.jp/page0101.html

独立行政法人 医薬品医療機器総合機構:審査関連業務の概要について
https://www.pmda.go.jp/review-services/outline/0001.html

益社団法人 日本ライフル射撃協会:各種手続き
https://www.riflesports.jp/process/

*SIT並びにSATの実像、要員と隊員達の養成方法や訓練方法などは、当然ながら極秘事項です。作中の特殊班、特殊部隊の描写につきましては、各種報道機関に公開された訓練のスポット映像や報道記事、普通に入手できる資料から著者が独自に推測し、作中の内容に合わせて創作しました。また、各種装備についても同様です。

*この作品はフィクションです。実在する人物や団体とは一切関係ありません。作中に登場する実在の薬品の効能については、複数の見解が存在します。また、ドラッグ・ラグの悲惨な状況を描写するため、卵巣ガンにかかわる複数の未承認薬が登場しますが、いずれも実在しません。現実世界では、関係団体の尽力により、卵巣ガンにかかわる主要な未承認薬の問題は解消されています。一方で、ドラッグ・ラグそのものは、様々な病気において現在も存在しており、一刻も早い解決が望まれています。

解説

長岡弘樹

某月某日。わたしは警視庁警備部第六機動隊、通称《SAT》の訓練施設を密かに訪ね、制圧第一班の班長である中田数彦氏に突撃インタビューを試みた。以下はその概略である。

——中田さん、日本刷新党事件でのご活躍、お疲れさまでした。

中田 (サブマガジンH&KMP5を手入れしている最中だったが顔を上げ) 誰なの、あんた? アポもなしに押しかけて。

——すみません。長岡と申します。このたび『対極』が文庫化されるにあたり、解説の大役をおおせつかった者です。その原稿を書くためにインタビューをさせてほしいのですが、よろしいでしょうか。

中田 かったりいな。でもまあ、そういう事情なら少しだけつき合ってやるか。で、何が聞きたいわけ?

——ご体調はその後、いかがですか。

中田　（傷跡が痛々しく残る顎をさすりながら）あんたねえ、エアライフルの弾でこんなとこ砕かれて、大丈夫だと思う？

——これは失礼しました。

中田　というわけでまだ話しづらいから、手短に頼むぜ。

——はい。まず冒頭の教場破りのシーンで読者は度肝を抜かれるわけですが、どうしてあのような行為に出ようと考えたのでしょうか。

中田　やりたかったからやっただけだ。それ以上の理由はあんたが勝手に想像すればいいだろ。

——恵まれない環境で育ったあなたは、立派な施設で訓練をしている警察官の卵たちを見て敵意が湧いた、という解釈でいいでしょうか。

中田　そう思いたければ思ってなって。

——『対極』の作中では、公休日の行動も描かれていましたね。パチスロをしたあとビールをお飲みになった。そこまでは理解できます。しかしその後、駅前交番の巡査に無理やり仮眠を取らせるという行動に出ているのがちょっと不可解でした。あれは何が目的でしょうか。

中田　代わりに自分が詰所で番をしてみたかったからさ。俺だって警察官だからな。

いわゆるおまわりさんの気分を味わいたくなることもあるんだよ。

——なるほど。この場面でもう一つ謎なのはグラタンに対する考え方です。谷垣さん親子がそれを食べようとしている現場を目撃し、たいそう呆れていらっしゃいますが、どうしてですか。

中田　どうしてかって？　あんた、グラタンだぜ。呆れるのが当たり前だろうが。

——それはつまり栄養価の問題ですか。それとも、家庭的なフランス料理が特殊任務をしている人間のイメージに合わない、ということでしょうか。男でもホワイトソースを食べる人はたくさんいるはずですが、どうしてあなたの目にはそれが珍しく映るのでしょう？

中田　だから、グラタンなんだってばよ。嘘だろって話だよ！

——ええと……読者の中には、こういう細かい点を気にする人が案外多いんです。なので、もっと分かりやすく説明していただけるとありがたいのですが。

中田　（ギロリとこちらを睨む）

——はい、質問を変えます。ご自分ではSATの仕事がすごく向いていると思われているのではないですか。『対極』を読んだ人のほとんどは、特殊部隊員は中田さんの天職だ、と思ったはずです。

中田　まあ、それは俺も感じているかな。

――SAT隊員としての素質は、どこで培われたものでしょうか。

中田　さあね。生まれつき持ってたんじゃないの。

――幼少時、父親から虐待を受けたそうですね。

中田　ああ。まだ復讐(ふくしゅう)は果たせていないけどな。

――アメリカの軍隊では、兵士に過酷な訓練を課してさんざん疲れさせたところへ、「きさまは人間のクズだ」「おまえには生きる価値がない」などと人格を踏みにじる言葉を、教官がどんどん浴びせ続けるそうです。そんなことを繰り返すうちに、兵士は感覚が麻痺(まひ)して平気で人を殺すような殺人マシンになっていくといいます。もしかして、それは中田さんが父親からされたことと似ていませんか。

中田　たしかにな。俺の素質はそういう悲惨な体験で培われたものかもしれねえ。教えてくれてありがとよ。

――あなたを拾い上げた川村班長の慧眼(けいがん)も見事でしたね。

中田　あの人にだけは、いまでも頭が上がらない。しかし、よく俺みたいなやつを警察なんかに入れてくれたもんだ。

――それはやはり、SAT隊員としての素質を見抜いたからではないでしょうか。警察官を鍛えて特殊部隊員にするより、特殊部隊員を警察官にする方が早いし簡単だ。そのように川村さんは考えて、あなたをリクルートしたのだと思いますが。

中田　なるほど、違いねえ。

――ところで、『対極』での初出動の場面では、あなたの銃撃によって暴力団員が手首から先を欠損する重傷を負っていますね。あの発砲は必要な行為でしたか。

中田　当然だろ。必要だからやったんだ。

――そのとき「右手が弾けてバババババーン」と奇声を上げたのが、すごく印象的でした。あの台詞だけを聞くと、あなたは普段から銃を撃ちたくて撃ちたくてたまらない発砲マニアのような人物に思えてしまうのですが。

中田　おいおい。あれはちょっと気分が昂ぶって出ちまった雄叫びに過ぎねえよ。こっちは谷垣係長を助けようとしたまでだぜ。あのヤクザが係長を撃った場合、不幸中の不幸で致命傷にならないとも限らないだろうが。それを防いだんだよ。

――分かっています。日本刷新党の事件では、あなたは一度も銃を撃っていませんしね。

中田　だろ。俺だって発砲マニアってわけじゃねえ。節度は保ってるんだ。

――谷垣係長を守るためなら、暴力団員の手首一つぐらいなくなってもいい。そのように判断したということは、つまり、あなたはそれほど彼を愛していらっしゃるということですね。

中田　……待て。いま何て言った？

――中田さんは谷垣さんを愛していらっしゃるんですよね。

中田　俺が？　王子を？　ぷっ……。（がはは、と大きく笑ったあと）腹が痛くてたまらねえぜ。あんた、俺を窒息死させるつもりかい。（ここで急に厳しい顔つきになり）んなわけねえだろがっ。

――しかし、心理学の用語で「相補性の原理」というものがあります。つまり、人間は自分に欠けているものを持っている相手に強く惹かれる、という理論です。それでいくと、谷垣さんこそあなたが惹かれる相手ということになりませんか？

中田　てめえ、馬鹿も休み休み言え。

――希望も思想も宗教も何もないが、くたばるのは何となくしゃくだから、ただタフに、仕方なく毎日を生き抜いている。そんなあなたにとって、警察の仕事に熱い理想を持っている谷垣さんは、実のところ憧れの存在なのではありませんか。

中田　おい、それ以上俺の神経を逆なでしたら、ただじゃおかねえ。

――神経と言えば、あなたは陰部の神経を破壊されて不能者となったんですよね。失礼ながら、物語のお約束として、そのような設定は同性愛者であることの証であることが多いんです。

中田　黙れっ。自由に喋らせておけばいい気になりやがって。（MP5を手に立ち上がる）

しつつも、心の片隅ではたぶんあなたに惚れています。

――愛しているのは、谷垣さんも同じですよ。あの人は中田さんを厄介な敵と認識

中田（MP5の引き金に指をかけるも、銃口は下に向けたまま絶句）

緊迫感に満ちたテロ事件の背後に、意表をつく医療問題を織り込んだ『対極』。その高いクオリティは、いまさらわたしが贅言を費やすまでもなく、第二回警察小説大賞の受賞作であるという一事を以て証明されている。

わたしは一読して二人の主人公、中田と谷垣を好きになってしまった。とりわけ前者のキャラクターは出色だと感じた。

今回、本稿を書くために再読してみても、その思いは変わらず、つい脳内で右のような架空インタビューまで試みてしまった次第だ。

鬼田竜次さんが創造なさったキャラクターを拙文に無断で登場させ、勝手に台詞まで作ってしまうとは、なんとも失礼な行為である。だがそこは、わたしも本作を大賞に推した選考委員の一人だったという事実に免じてお許し願いたい。

右のインタビューでは中田に激怒されてしまったが、私見では、彼が谷垣に心のどこかで惚れているのは、まず間違いのないところである。そして谷垣もその点は同じだ。中田の谷垣に対する毎度の突っかかり方。谷垣の中田へ向ける意識のあり方。そ

の両方を読み込んでいくと、この二人の間には、対極にある者同士だからこそ抱き合う互いへの愛情といったものを、どうしても感じないではいられない。

たいへん嬉しいことに、本作には続編が控えており、現時点（二〇二三年十一月上旬）では、中田が引き続き登場するという情報がわたしの耳に入っている。となれば当然、谷垣の再登板も十分に予想されるわけだ。二人の愛憎がどこまで深化するか、今度は選考委員という立場を離れ、鬼田さんの一ファンとしてじっくりと見届けたい。

（ながおか・ひろき／作家）

―― 本書のプロフィール ――

本書は、二〇二〇年八月に小学館より単行本として刊行された同名作品を改稿し文庫化したものです。

小学館文庫

対極

著者 鬼田竜次

二〇二四年一月十一日 初版第一刷発行

発行人 庄野 樹
発行所 株式会社 小学館
〒一〇一-八〇〇一
東京都千代田区一ツ橋二-三-一
電話 編集〇三-三二三〇-五九五九
販売〇三-五二八一-三五五五
印刷所 ——— 図書印刷株式会社

この文庫の詳しい内容はインターネットで24時間ご覧になれます。
小学館公式ホームページ https://www.shogakukan.co.jp

ISBN978-4-09-407324-9